Herrschaftszeiten!

Martina Schmid, geboren 1967 in Regensburg, arbeitete dort zunächst in einem großen Wirtschaftsverband, bevor sie sich mit einem Nachhilfe-Institut selbstständig machte. Vor zehn Jahren entdeckte sie ihre Leidenschaft fürs Schreiben und rief auch die »Schreibwerkstatt für Kinder« ins Leben. Seit 2004 sind fünf Kinderbücher sowie ein Romantik-Psychothriller erschienen. Dies ist ihr erster Regionalkrimi, mit dem sie die Liebe zu ihrer Oberpfälzer Heimat verbindet.

MARTINA SCHMID

Herrschaftszeiten!

OSTBAYERN KRIMI

emons:

Bibliografische Information der Deutschen Nationalbibliothek
Die Deutsche Nationalbibliothek verzeichnet diese Publikation in der Deutschen Nationalbibliografie; detaillierte bibliografische Daten sind im Internet über http://dnb.d-nb.de abrufbar.

MIX
Papier aus verantwortungsvollen Quellen
FSC® C083411

Umschlagmotiv: © mauritius images/Peter Weimann
Umschlaggestaltung: Tobias Doetsch
Gestaltung Innenteil: César Satz & Grafik GmbH, Köln
Lektorat: Susann Säuberlich, Neubiberg
Druck und Bindung: CPI – Clausen & Bosse, Leck
Printed in Germany 2014
ISBN 978-3-95451-451-9
Ostbayern Krimi
Originalausgabe

Wer die Wahrheit nicht weiß, der ist bloß ein Dummkopf. Wer die Wahrheit kennt und sie eine Lüge nennt, der ist ein Verbrecher.

Bertolt Brecht

Es liegt in der Natur des Menschen, vernünftig zu denken und unvernünftig zu handeln.

Anatole France

Prolog

25. April 1989
Kurz nach Mitternacht am Ortsrand von Wörth

»Verflucht! Der rührt sich nimmer.«

»Geh weider, der tut doch bloß so.«

»Naa, der is hi. Der tut nix mehr, der schnauft nimmer.«

»Verdammt und zuag'naht. Du hast recht.«

»Und jetzt? – Was mach ma'n jetzt?«

»Na, was schon. Der muaß weg. Weg muaß er. Und zwar ganz schnell.«

»Du spinnst doch.«

»Halt dein dumm's Maul und pack mit an.«

»Mann, ich mach mir gleich in die Hos'n.«

»Schisser. Da geh her. Bist du eigentlich a Mannsbild oder was?«

»Is ja gut, ich helf dir ja schon. Und wohin mit ihm?«

»Rüber, dorthin, ins Gebüsch. Schnell, schnell, bevor noch wer kommt.«

Herr, vergib ihnen,
denn sie wissen nicht, was sie tun.
Lukas 23,34

1

Zweiundzwanzig Jahre später – am 24. April 2011 in Wörth

Ich atme durch. Sauge die frische, schneidige Luft tief in mich hinein.

Da bin ich also. Angekommen in der Heimat. Noch einmal atme ich ein. Wie gut die Luft hier doch ist. Ich spüre, wie die Vergangenheit im Sekundentakt allmählich von mir abfällt. Wie eine zentnerschwere Last. Nein, keiner hat mich zu diesem Schritt gezwungen. Nein, ich habe es selbst so gewollt, auch wenn mir mein Gewissen das Gegenteil einreden will. Nein, nicht die anderen sind schuld. Nein und nochmals nein. Ich stampfe mit dem Fuß auf. Schluss, aus, amen. Reiß dich zusammen, Sofie. Weg mit diesen elenden Gedanken, die in meinen Gehirnwindungen Achterbahn fahren. Mir wird direkt schlecht. Schlecht von so viel schlechten Gedanken, und vor lauter Denken hab ich überhaupt nicht gemerkt, dass ich längst den Bahnhof verlassen hab. Erst als ich mich aus irgendeinem Grund umdrehe, kann ich auf dem hinter mir liegenden Bahnhofsgebäude das Schild noch erkennen. Ich zwick die Augen zusammen. Meine Sehschärfe war auch schon mal besser. Jetzt wird die Schrift deutlicher.

»Wörth …«, formt es sich langsam und flüsternd aus meinem trockenen Mund. Eine beruhigende, beinahe unschuldig wirkende Stille liegt über dem Ort. Schmeichelnd gleiten ein paar Strahlen der Frühjahrssonne zwischen den dunklen Aprilwolken hindurch über die Wipfel der Bäume. Noch ahne ich nicht, welch grauenvolles Geheimnis er birgt.

Ich richte meinen Blick wieder nach vorn. Ich habe Durst. Meine Schritte werden schneller. Kalter Wind peitscht mir ins Gesicht. Will sich der Winter noch einmal aufbäumen? Ich knöpfe meine Jacke bis oben hin zu und werfe einen Blick auf meine Uhr.

»Jesus, fast halb zwölf.« Die Maria wird bestimmt schon warten. Egal, dann muss sie eben warten. Jedenfalls bin ich wieder in meinem Oberpfälzer Heimatort. Er ist ja sogar zur Stadt erhoben worden. Wann? Irgendwann. Weiß ich nicht genau. Aber müsst ich nicht darauf stolz sein? So, wie viele Leute damals auch mordsstolz darauf waren? Mir jedenfalls kommt er genauso spießig und von altbackener Kleinbürgerlichkeit vor wie vor zwanzig Jahren – und er ist trotz Brimborium und Mordstrara ein Dorf geblieben. *Mein* Dorf.

Dorf hin oder her – jedenfalls ist es mein Heimatort, in dem ich aufgewachsen bin und von dem ich schon vor Jahren weggegangen bin. Wegen des Berufs. Und wegen der Liebe. Hab sie geheiratet, die große Liebe, und mich dann drei Jahre später wieder scheiden lassen. Und der Karl, mein Bruder, der ist auch schon lang weg von hier. War ja auch kein Wunder. Wir haben's einfach nicht mehr ausgehalten mit dem Vater, nachdem die Mama gestorben war. Er hat ihren Tod nie überwinden können, der Papa. Hat mit dem Trinken und Spielen angefangen. Bis alles weg war. Das Geld, mein ich.

Ich weiß nicht, wie's ihm jetzt geht. Ich weiß auch nicht, wo er wohnt. Hab ihn ja seit zig Jahren nicht gesehen. Vielleicht lebt er ja inzwischen auch gar nicht mehr. Wer weiß. Ich seufze. Damals, ja, da sind wir beide, also der Karl und ich, ziemlich zeitgleich weg. Gut. Vielleicht hätten wir den Vater nicht allein lassen sollen. Aber wir sind gegangen. Haben den Kontakt zu ihm von einem Tag auf den anderen abgebrochen. Vielleicht hat es aber auch so kommen müssen. Vielleicht bin ich auch deshalb so lang nicht nach Wörth zurückgekommen.

Jetzt aber bin ich wieder hier und hab inzwischen die Bahnhofstraße verlassen. Ich kraxle auf eine Anhöhe und schau hinunter ins Tal. Ein Anflug von Wehmut überkommt mich. Alles hab ich zurückgelassen: meine gut bezahlte Arbeit als Sekretärin in einem Münchner Großkonzern. Mein Leben in Saus und Braus. Ertragen hab ich's nimmer, den Glitzerschein der Großstadt, die vielen Menschen. Weg wollt ich. Weg. Mir ist aber auch klar, dass es nicht einfach sein wird, mit meinen vierundvierzigeinhalb Jahren noch einmal neu anzufangen. Bin ich vielleicht auch schon ein Opfer der Midlife-Crisis geworden? Ich weiß es nicht.

Doch jetzt besuch ich erst einmal die Maria. Ja, die Maria. Meine Freundin aus Kindertagen. Die wird sich sicher auch närrisch freuen, wenn wir uns nach all den Jahren wiedersehen. Ich klettere den Abhang hinunter und setze meinen Weg in Richtung Dorfmitte fort. Lang muss ich nicht gehen. Und gefunden hab ich's auch gleich, ihr Haus und die steile Trepp'n, die raufführt zum Gartentürl. Dem Anschein nach hat sich nicht viel verändert seit damals. Und das Haus kenn ich ja sowieso noch von früher – in- und auswendig – wie meine Westentasche. Nur die Obstbäume im Garten, die sind höher geworden. Man kann jetzt von außen fast nicht mehr reinschauen. Ich hab Herzklopfen, während ich bewusst langsam die abgetretenen Stufen hinaufsteig. Fünfzehn sind's. Das weiß ich noch. Ein Lächeln huscht über mein Gesicht. Ja, »Busenfreundinnen« waren wir. So hat man damals dazu gesagt. Oder heißt es heute noch so? Wurscht. Ich überleg unterdessen, wie lange ich schon nicht mehr hier war. Eine halbe Ewigkeit ist's schon her. Neben der Eingangstür steckt ein kitschiges Keramikschild in einem mit Beton ausgegossenen Blumentopf, das mich »Herzlich willkommen« heißt. Die Maria öffnet auf mein Klingeln hin die Tür, und wir umarmen uns lange und stürmisch. Unsere Augen werden feucht.

»Schön, dass du gekommen bist, ich hab schon auf dich

gewartet.« Die Maria schluckt und wischt sich eine Träne aus dem Augenwinkel.

Die Luft ist noch immer frisch, aber die Sonne drückt sich schon durch die Wolken. Es ist ja schließlich auch erst April. Die Maria hat trotzdem schon die Gartenmöbel vorm Haus aufgestellt und mir eine Decke gebracht, für drunter. Ich seufze und setz mich. In der Ferne hör ich eine Krähe kreischen und ein paar Vögel zwitschern.

'S Leben ist wieder erwacht, denk ich mir, während ich mit dem Löffel den Kaffee umrühr, den mir die Maria gerade mit einem Lächeln hingestellt hat. Es ist noch immer das gleiche schelmische Lächeln auf ihrem Gesicht. Wie früher. Nur nicht mehr so frisch. Viel hat sie sich aber nicht verändert. Ein bisserl stärker ist sie vielleicht rundherum geworden.

Eine Biene surrt von hinten heran und lässt sich auf dem Rand meiner Tasse nieder. Ich mach gar nix. Schau ihr nur zu. Ein Gefühl der Ruhe durchflutet mich. Die beiden Golden Retriever von Maria liegen auf dem betonierten Boden in der Nähe des Hauseingangs. Sie genießen die wärmenden Sonnenstrahlen. Nur ab und zu blinzelt einer zu mir herüber. Während die Maria wieder ins Haus geht und ihren selbst gebackenen Apfelkuchen holt, schau ich mich um. Es hat sich nicht viel verändert, seit ich das letzte Mal bei ihr war.

Mein Blick haftet an den gehäkelten, vergilbten Scheibengardinen am Küchenfenster, das von hässlichen grau-grünen Eternitplatten umgeben ist. Das ganze Haus ist mit solchen Platten umbaut. Hinter mir im Garten befindet sich ein steiler Hang, der von einer mächtigen Betonmauer gehalten wird. Oberhalb stehen Tannenbäume. Dahinter beginnt der Wald. Wenn der Wind durch die Bäume rauscht, erinnert mich das immer an das Heranfahren eines Zuges. Es klingt nur angenehmer. Auch drei patinierte Engelsfiguren aus Sandstein und etwa ein Dutzend in die Jahre gekommene Gartenzwerge haben ihren Platz im Garten.

Jetzt kommt sie wieder aus dem Haus, die Maria. In der einen Hand hält sie den Kuchen, in der anderen ihre Zigarette. Wie früher: immer einen Glimmstängel in der Hand. Die wird auch nicht mehr g'scheiter. Sie schaut prüfend zum Himmel.

»'s wird schon herhalt'n«, meint sie augenzwinkernd und schneidet mir ein Stück vom Kuchen ab.

Ich schlag mir die Decke über die Knie und freu mich auf den Kuchen. Ja, spurlos sind die Jahre an ihr auch nicht vorübergegangen. Ihr Blick ist strenger geworden, die Stirnfalte tiefer. Sie schaut leicht bedrückt drein. Als ich mich nach ihrem Befinden erkundige, macht sie eine wegwerfende Handbewegung, und bald darauf werd ich in eine Geschichte verwickelt, die ich nie zuvor für möglich gehalten hätte …

Alle Dinge sind möglich
dem, der da glaubt.
Markus 9,23

2

Der Wind ist inzwischen wärmer geworden. Angenehm berührt er mich. Fährt mir wie eine sanfte Hand durchs Haar.

Ein Gefühl der Freiheit beschleicht mich. Ich atme tief ein. Die Luft in meiner Nase duftet nach Blütenstaub. Ich muss niesen. Ich genieße die ländliche Idylle, die mir sehr gefehlt hat während der letzten Jahre in der Großstadt.

Die Maria erzählt mir, wie sie ihren Mann, den Georg, kennengelernt hat. Lang hat er sich um sie bemühen müssen, ehe sie seinem Drängen nachgegeben hat. »Zuerst wollt ich ihn ja nicht. Aber der Charmeur, der alte, hat's dann doch geschafft, mich rumzukriegen.« Sie kichert, und ich seh, dass ihr oben links ein Zahn fehlt. Sie verzieht den Mund. »Na ja, dann hab ich mir halt gedacht, warum nicht? Er hat einen anständigen Beruf als Vorarbeiter, und wie dann sein Vater am Schlag gstorbn war und er das Haus geerbt hat …«

»Ich versteh dich schon, Maria«, nicke ich wissend. Mehr muss und will ich auch nicht wissen.

Plötzlich erschreck ich, weil über mir etwas raschelt. Ich dreh mich blitzschnell um und schau hinauf: Wilder Wein wächst an der Mauer, über der ich die Geräusche vernommen hab.

Da. Zwei gelbe, stechende Augen sehen mich von dort oben gebannt an. Sie gehören zu einem dreieckigen nachtschwarzen Katzengesicht. Erleichtert presse ich meinen vor Schreck angehaltenen Atem mit einem Stoß durch den Mund hinaus.

Im Haus klingelt das Telefon. Die Maria steht auf, geht hinein. Ihre Zigarette klemmt sie derweil in den Aschenbecher. Der Rauch zieht in blaugrauen Fäden an mir vorbei.

Zwischen den windschiefen Waschbetonplatten rund ums Haus drückt schon das Unkraut durch. Ich möcht am liebsten aufstehen und es ausreißen. Das hab ich noch nie leiden können, wenn irgendwo ein Unkraut durchkommt. Links hinten in einer Ecke des Gartens steht ein Vogelhäuschen auf drei hölzernen Beinen. Daneben haben sie schätzungsweise fünf Ster Holz gelagert. Da kann der nächste Winter kommen. Der letzte war ja auch ein harter, wenn auch ein relativ kurzer. Die Maria hat schon geschimpft und sich beschwert, weil keiner von der Gemeinde fürs Räumen der Stiegen vor ihrem Grundstück zuständig war.

Nach gefühlten fünf Minuten erscheint sie wieder in der Haustür. Unterm rechten Arm trägt sie einen Wäscheständer, unter dem linken einen blauen Plastikkorb.

»Hoffentlich stört's dich nicht«, meint sie und deutet auf den Korb, der randvoll mit Wäsche ist. Nachdem sie ihn am Boden abgestellt hat, breitet sie den Ständer aus. Meine Augen verfolgen ihre flinken Hände, mit denen sie ein Wäschestück nach dem anderen aufhängt. Ihre gleichmäßigen Bewegungen lassen mich in eine Art Starre verfallen. Den Geruch des Waschmittels kenne ich. Komm nur nicht drauf, woher.

Als die gesamte Wäsche hängt, setzt sie sich neben mich. Eine Mischung aus Fliederstrauch- und Waschmittelduft hat sich mittlerweile in meiner Nase verbunden, und ich bewundere den üppigen Busch, den ich hinterm Haus entdeckt habe.

Die Maria erzählt mir nun ausführlich, was in den letzten Jahren so alles bei ihr passiert ist.

»Ja, Kinder wollt er auch immer, der Georg.« Sie nimmt einen tiefen Zug aus ihrer Zigarette. Ihre Finger zittern. Aber das ist normal. Bei Rauchern zittern die Finger immer.

Unauffällig blicke ich zum Vergleich auf meine Finger. Meine zittern nicht so stark. Sie bläst den Rauch in den wolkenverhangenen Himmel.

»Impotent?«, platzt es unverhofft aus mir heraus, und im selben Moment bereu ich meine unverschämte Neugier schon wieder. Sie schüttelt den Kopf, sagt nichts. Da wird's mir klar, sie kann wohl keine Kinder bekommen.

»Ach so …«, entgegne ich daraufhin etwas beschämt.

Die Maria schaut mich mit einem mitleiderregenden Pudelblick an. Peinlich berührt weiche ich ihm aus. In diesem Moment tut sie mir aufrichtig leid. Sie sieht mich dennoch fragend an.

»Ich wollt nie Kinder«, antworte ich hastig auf ihre unausgesprochene Frage. »Und wo ist er jetzt? Ich meine, dein Mann?«, versuche ich abzulenken.

Sie kneift die Augen zusammen und nimmt einen letzten, langen Zug. Dann dreht sie die Kippe in den Ascher. Sie zuckt mit den Schultern, und ich spüre ihre unterdrückte Wut.

»Meiner hat mich betrogen«, füge ich nach einer Weile hinzu, um das Schweigen zu beenden. »Mit seiner Sekretärin. Es ging über ein halbes Jahr. Er hat quasi ein Doppelleben geführt, und ich Rindviech hab's nicht gemerkt.« Mein Tonfall ist streng, doch ich merke, dass es mich nicht mehr wirklich berührt. Es ist zu lang her. Gott sei Dank.

Viel zu schnell ist es nun Abend geworden, und die Maria nimmt ein paar Socken und Unterhosen, die schon trocken sind, wieder von der Leine.

Bevor wir hineingehen, sehe ich zum ersten Mal in diesem Jahr einen Mückenschwarm. Ausgelassen tanzt er überm Dachsims. Es bleibt einem nun nicht mehr verborgen, dass die Natur allmählich wieder erwacht. Ich zieh meine Schuhe aus und stell sie in den Hausgang.

***

Zur selben Zeit anderswo im Dorf

Plätschernd schlängelt sich der Bach durch den Ort. Mal breiter, mal schmaler. Sich seiner Umgebung stets anpassend. Die Vögel pfeifen sonor ihre Lieder. Jeder ein anderes. Jedes auf seine Art perfekt und passend zur abendlichen Frühlingsstimmung.

Ein Schnauferl quält sich dröhnend durch den Innerort. Beladen mit einem gewichtigen Fahrer. Die große österliche Krone, von den fleißigen Helferinnen des Frauenbundes liebevoll zusammengebunden und mit Blumen geschmückt, steht noch auf dem Marktplatz, wenn auch schon in die Ecke geschoben und auf den Abtransport zum Wertstoffhof wartend.

Hoch und spitz überragt der Kirchturm den Ort. Die Kirche in neugotischem Baustil steht auf einem Felsenplateau, der zugehörige Friedhof schließt sich abwärts an. Weiter hinten erhebt sich der Schlossberg. Von dort oben hat man einen wunderbaren Blick auf den Fluss, der sich wie ein Schutzwall am Ortsrand entlangzieht. Die Mondsichel ist am Himmel sichtbar, und vereinzelt glitzern Sterne. Die hereinbrechende Nacht deckt nach und nach alles zu. Auch die Verbrechen.

***

Inzwischen ist's schon dreiundzwanzig Uhr dreißig, und die Maria zeigt mir, wo ich schlafen kann. Erschöpft schlüpf ich in mein Bett in der Dachkammer ihres Hauses und zieh mir die Decke bis über die Ohren. Ich bin müde. Es war ein langer und anstrengender, aber trotzdem schöner Tag.

Ein paar Minuten nehm ich noch wahr, dass Regentropfen ans Dachfenster klopfen. In der Ferne hör ich den Donner grollen, dann entschwinde ich ins Reich der Träume.

In dieser Nacht aber hab ich einen seltsamen Traum: Ich träume von einer Leiche, die in der Erde vergraben ist und von der ein Arm herausschaut. Erschreckend dabei ist aber, dass *ich* die Leiche vergraben habe!

Als ich meinen Alptraum am nächsten Morgen der Maria beim Frühstück erzähle, hört sie mit einem Mal auf zu kauen und wird ganz blass.

»Is was?«, frag ich, durch ihre Reaktion verunsichert.

Sie schaut auf den Boden und schüttelt den Kopf. Ihre Haare sind noch nicht frisiert. Macht nix, wir sind ja unter uns. Trotzdem hoffe ich, dass ich nicht allzu verschlafen aus der Wäsche gucke. Ihr Mann, der Georg, ist zum Glück ja schon weg. Denn meinen Anblick am Morgen will ich einem Mannsbild doch lieber ersparen.

»Eigenartig«, murmelt sie nach einer Weile kauend. »Ich hab heut Nacht auch von einem Toten geträumt. Ein Finger war abgetrennt, und dieser Finger hat mich überallhin verfolgt. Pfui Deifel, war des gruselig.«

Sie schüttelt sich angewidert. Der Appetit ist uns jetzt fast vergangen. Etwas später räumt die Maria dann die Reste vom Frühstück weg, und ich helf ihr beim Abspülen des schmutzigen Geschirrs. Der Morgen ist noch jung und frisch im Gegensatz zu uns und lädt zum Spazierengehen ein. Die Luft riecht würzig, und diesen bestimmten Geruch, der sich immer nach einem Gewitterregen einstellt, hab ich seit Langem vermisst. In der Stadt kriegt man das ja alles nicht so richtig mit.

Wir gehen die abgetretenen Stufen neben ihrem Grundstück hinunter, die in eine kopfsteinbepflasterte Seitenstraße münden. Doch heute kommen sie mir nicht mehr so steil vor wie gestern. In einem Haus auf der gegenüberliegenden Straßenseite seh ich, dass die Gardine hinter einer Fensterscheibe wackelt.

Die Maria hat's auch bemerkt. »Aha, da lurt wieder die Kramerin, die neugierige Hex. Die mit dem Laden, weißt noch? Dass der aber auch ja nix auskommt. Und eine

Zunge hat die, scharf wie ein Rasiermesser«, raunt sie mir zu.

Wir gehen erhobenen Hauptes an der Kramerin ihrem tannengrün verputzten Haus vorbei und tun so, als hätten wir sie nicht bemerkt. Dann setzen wir unseren Weg fort in Richtung Naturschutzgebiet. Irgendwo hör ich einen Hund bellen. Die Maria hat ihre beiden aber nicht mitgenommen.

»Der Georg war schon mit ihnen draußen«, greift sie meiner Frage vor und lächelt. Ihr Lächeln ist echt. Und gewinnend.

Ich stelle mit leichtem Unglauben fest, dass in ein paar Tagen bereits der erste Mai ist, denn im Innerort werden bereits Vorbereitungen für das Aufstellen des Maibaums getroffen, und in der Fußgängerzone klappen ein paar Händler ihre Buden auf. Andere richten Stände für den Markt her. Leben kehrt allmählich in der Zone ein, und man trifft sich zu einem Plausch am einen oder anderen Gemüsestand. Die Frau des Bürgermeisters ist immer eine der Ersten, die den Markt aufsuchen. Die Kirchturmglocke schlägt mit hellem Klang. Neun Mal. Früher, so heißt es, haben die Glocken auch geläutet, um ein Gewitter fernzuhalten. Manche Leute halten ja immer noch an diesem Glauben fest.

Nach etwa fünfzehn Minuten Fußmarsch sind wir außerhalb des Ortes angelangt und überqueren eine schmale Brücke. Grad so breit, dass ein Auto darüberfahren kann. Eigentlich ist die Brücke offiziell seit Jahren für den Fahrzeugverkehr gesperrt. Die Maria und der Georg aber haben eine Ausnahmegenehmigung. Wegen ihrer Gaststätte, die sie mir heute zeigen will. Vor der Brücke ist eine Schranke, und die Maria hat einen Schlüssel dafür, den sie aber leider nicht dabeihat. Also ziehen wir unsere Bäuche ein und quetschen uns an der Schranke vorbei. Die asphaltierte Brücke geht nun in einen Schotterweg über, der mit Pfützen bedeckt ist. Der Regen der letzten Nacht hat der Natur gutgetan.

»Hat ja schon lang nicht mehr geregnet«, meint die Maria.

Wir bleiben kurz stehen und verweilen. Ich hör das heisere Krähen eines Gockels. In einiger Entfernung kann ich die Umrisse eines Bauernhofes erkennen. Wir gehen weiter auf dem schmalen Weg. Linker Hand seh ich auch bald schon die Gaststätte, die Maria und ihr Mann seit anderthalb Jahren gepachtet haben.

»Heute haben wir Ruhetag«, erklärt meine Freundin und zeigt mit ausgestrecktem Finger in die Richtung, in die auch ich schaue. Besonders sticht mir die große, südöstlich ausgerichtete Sonnenterrasse ins Auge. Schaut aus, als wär sie nachträglich angebaut.

Wir gehen über einen kleinen Steg zum Eingang. Darüber hängt ein großes, vom Zahn der Zeit angenagtes Blechschild am Rauputz an der Hauswand. Darauf steht in schwarzen Lettern in verschnörkelter Schreibschrift: »Zum Donauwirt«.

Die Maria zieht jetzt einen großen Schlüssel aus der Hosentasche und steckt ihn ins Schloss. Quietschend springt die Tür auf. Wir gehen hinein. Muffiger Geruch schlägt mir entgegen. Innen ist alles ruhig. Ein paar skelettierte Hirschköpfe, die mit protzigen Geweihen an der Wand hängen, glotzen mich aus leeren Augenhöhlen an. Dieser Anblick gefällt mir gar nicht. Aber es ist hell in der Gaststube. Die Wände sind in warmem Beige gestrichen, der Boden braun gefliest. Zum Teil sind die Wände holzvertäfelt. Reste einer Dekoration vom letzten Fest hängen von der Decke. Mit den Vorhängen hat die Maria etwas gespart. Muss ja auch nicht so üppig sein. So bleibt einem zumindest der Blick nach draußen nicht verwehrt. Ich schau durch eines der Fenster. Hinter den Parkplätzen entdecke ich einen wunderschönen gelben Ginsterstrauch. Zwischen den Fenstern hängt jeweils ein Bild. Moderne Art und nicht unbedingt mein Stil. Die Eckbänke sind mit freundlichen, robusten Stoffen bezogen und sehen relativ neu aus. Sie bilden ein gemütliches Ambiente. Man könnte sich hier wohlfühlen. Eigentlich …

Auf den Fensterbänken aus hellem Marmor steht unzähliges Klimbim-Zeugs. Kleine Stoffpüppchen und anderer Kitsch. Aber hier herein passt's. In einer anderen Ecke lese ich auf einer präparierten Baumstammscheibe »Stamm-Tisch!«. Nette Idee. Die Tischdecken sind in Jägergrün gehalten und passen farblich zu den spärlichen Vorhängen. Zuletzt entdecke ich noch eine Mini-Deutschlandfahne, die in einer Blumenvase steckt und damit den Rahmen perfekt macht. Dies alles hier erscheint mir doch als eine mehr oder weniger gelungene Art moderne Dorfwirtschaft. Ja, mir soll's recht sein.

»Gefällt's dir?«, fragt die Maria erwartungsfroh, und ich nicke hektisch.

Sie schaut mich von der Seite an.

»Na, ich weiß ned«, kommentiert sie meine unehrliche Zustimmung. Ich dreh mich verschämt, da ertappt, weg.

»Ist das die Kuchl?«, versuche ich abzulenken, und mein Blick stiehlt sich vorsichtig zu der weiß lackierten, geschlossenen Tür neben mir. Am Tresen steht ein großes hölzernes Bierfass. Ob noch was drin ist, weiß ich nicht. Die Maria öffnet nun besagte Tür und geht mit mir hinein.

»Magst eine Tasse Kaffee?«, fragt sie, während sie schon im Begriff ist, die Maschine anzuwerfen.

»Gern.«

Wieder nicke ich, und diesmal ist es echt. Ich setz mich an den kleinen Klapptisch mit der beige melierten Lackdecke, der neben der Kaffeemaschine steht.

»Beneiden könnt man euch«, seufze ich und vergleiche meine bisherige »Karriere« mit Marias doch relativ perfekt wirkender Situation.

»Ach geh«, beschwichtigt sie, als sie merkt, dass ich deprimiert meinen Kopf auf die Hände stütze und vor mich hin starre. »So schnell, wie's kommt, ist's manchmal auch wieder weg«, meint sie. Da geb ich ihr recht.

»Ein Kommen und Gehen ist's auf dieser Welt.« Ich seufze noch mal. »Vor zwei Wochen ist mein Kaninchen gestorben. Da ist mir wieder bewusst geworden, wie nah Leben und Tod beieinander sind. Wenn der Tod kommt, klopft er nicht an. Er ist einfach da. Er fragt dich nicht. Und er gibt dir keine Chance. In jeder Ecke lauert er und wartet nur darauf, zuzupacken. Ein unberechenbarer Kamerad.«

»Das mit dem Hasen tut mir leid.« Mit oberflächlicher Betroffenheit schenkt sie mir eine Tasse tiefschwarzen, duftenden Kaffee ein.

»Aber zum Beneiden gibt's bei uns ned viel.« Ich schau sie fragend an. »Das G'schäft läuft halt ned so, wie's laufen sollt. Und unsere Beziehung auch ned …«

Ich senke den Blick. Wenn die Maria wüsst, was für ein Martyrium ich erst hinter mir hab. Lug und Trug, wohin du schaust. Ja, so sind die Männer eben.

Ich trink den letzten Schluck und geh mit meiner Tasse zum Waschbecken. Hinter mir hör ich Marias Stimme.

»Seit wir die Gaststätte haben, ist irgendwie der Wurm drin bei uns. Ständig gibt es Streit. Auch mit den Gästen. Der Georg hat sich so verändert in letzter Zeit. Ich weiß nicht, was der hat. So hab ich ihn früher gar nicht gekannt. Das Wirtshaus tut uns anscheinend nicht gut.«

»Vielleicht steckt ja der Teufel drin«, sag ich noch spaßeshalber, und der Maria bleiben kurzzeitig die Gesichtszüge stehen. Dann aber meint sie scherzhaft:

»Mei, vielleicht hast gar ned so unrecht …«

Während ich darüber nachdenke, was die Maria gerade angedeutet hat, klingelt das Handy in ihrer Jackentasche. Sie sagt nicht viel am Telefon. Ich kann dem Gespräch aber entnehmen, dass es um ein Kleidungsstück, wie ich vermute, um eine Hose, geht.

»Kundschaft«, erklärt sie mir anschließend und zündet sich eine Zigarette an.

»Kundschaft?«, wiederhole ich fragend.

Sie erzählt mir, dass sie sich mit dem Ändern von Kleidung ein paar Euro dazuverdient. »In dem Raum, neben dem du schläfst, arbeite ich.«

»Ich hätte da auch ein paar Sachen, die mir nicht mehr passen«, fällt mir nebenbei ein, und ich taxier unauffällig ihre Figur. Für eine Endvierzigerin ist sie noch gut in Schuss.

»Ich muss bald zurück. Hab da noch einen Auftrag.«

Wir stehen auf, und ich greif nach meiner Tasche. Die Maria dreht's Licht in der Kuchl ab und schaltet die Kaffeemaschine aus.

Wir verlassen die Gaststätte und gehen noch ein Stück bis zu einem Nebenarm der Donau. Kurz darauf sollen wir Zeugen einer rätselhaften Aktion werden. Zuvor aber kommen wir an großen, alten Trauerweiden vorbei, die in mir ein Gefühl der Verlorenheit erwecken. Etwas Dunkles, Ungreifbares liegt im Moment dieser Stimmung. Das gleiche Gefühl überkam mich auch, als ich gestern hier in den Bahnhof eingefahren bin.

»Was is'n da los?« Die Maria deutet mit dem Finger über ein großes Erdbeerfeld, das uns von den ungewöhnlichen Vorgängen am anderen Donauufer trennt. Mordspolizeiaufgebot, ein Kran wird aufgebaut, Leute stehen am Wasser. Wir wollen wissen, was da vor sich geht. Also stapfen wir eilig im nassen Gras am Feldrand zum diesseitigen Flussufer. Unsere Neugier wächst mit jedem Schritt. Wir kriechen gebückt durchs Gebüsch, da in diesem Bereich das Ufer stark bewachsen ist. Ich muss dabei ein paar kleine Äste beiseitebiegen. Nun haben wir eine relativ gute Sicht aufs Wasser. Die Feuerwehr ist dort mit einem Boot und einer vierköpfigen Tauchergruppe zur Stelle. Am anderen Ufer des Flusses stehen eine Streifenwagenbesatzung der Polizei und ein Krankenwagen. Ein großer Teil des Uferbereichs ist mit einem rot-weißen Band abgesperrt. Die Wasserschutzpolizei sichert eine bestimmte Stelle im Wasser. In unmittelbarer Nähe der gegenüberliegenden Uferböschung steht ein Schwerlastkran, der auf Holzbalken gestützt ist. Einer der Taucher im Wasser gibt immer wieder Handzeichen. Der Kran lässt einen hydraulischen Teleskopausleger herunter. Jetzt ist der Taucher nicht mehr zu sehen. Sekunden später taucht er wieder auf. Er knotet ein Seil an den Haken vom Ausleger. Der Kran beginnt zu ziehen. Allmählich kommt ein verwitterter und völlig mit Schlamm überzogener Wagen zum Vorschein. Der Kran zieht das Auto jetzt ganz nach oben. Wasser läuft in Bächen von allen Seiten aus dem Wrack.

»Ein unheimlicher Anblick«, flüstere ich. Die Maria nickt.

»Meinst, dass da noch einer drin ist?«, frag ich vorsichtig und trau mir die Antwort gar nicht ausmalen.

»Gehen wir«, lautet ihre Antwort energisch und kurz. Sie dreht sich um, und ich schließ mich ihr an.

Das Wrack wird kopfüber auf einen Abschleppwagen geladen. Mein Blick fällt kurzzeitig auf das hintere Kennzeichen. Der Wagen stammt nicht aus Deutschland. Weiße Zeichen auf schwarzem Hintergrund kann ich einigermaßen gut erkennen.

Die Sonne hat sich inzwischen durch die Wolken gedrängt. Sie brennt jetzt ganz schön herunter. Rundherum surrt und zwitschert es. Bald sind wir wieder auf befestigtem Weg. Dieser geteerte Fußweg, der am Ortsrand entlang der Donau verläuft, wurde erst vor Kurzem angelegt. Er wird besonders von Radfahrern und Walkern, also solchen Leute, die zum Gehen Stöcke brauchen, genutzt. Und er ist schön in die Natur eingebettet. Vogelbeersträucher, Brennnesseln und wild wachsendes Gebüsch, dahinter Weidenbäume, Pappeln, Eschen. Beinahe urwaldartig mutet die unberührte Natur hier an manchen Stellen an. Welch wohltuender Anblick.

»Die Gemeinde tut halt was für ihre Bürger …«, kommentiert die Maria diese Anlage und ist sich in diesem Moment der Zweideutigkeit ihrer Aussage noch nicht bewusst.

»Weißt was, morgen geh'n wir mal zur Minna«, sagt sie anschließend, um auf ein anderes Thema zu kommen.

»Wer ist das?«, hake ich nach.

»Wer die Minna ist? Meine Tante. Also die …« Die Maria muss kurz überlegen. »… also eine Schwester meines Vaters. Und die einzige, die noch lebt. Sie is zwar nimmer die Jüngste, aber sie kann Karten legen. Vielleicht könnt die mir ja ein bisserl aus dem Schlamassel helfen?«

Ich nicke. Was bleibt mir auch anderes übrig? Außerdem interessiert es mich doch, was die alte Dame zu sagen hat – oder zu »sehen«.

Der Herr wird ans Licht bringen,
was im Finstern verborgen ist, und wird
das Trachten der Herzen offenbar machen.
1. Korinther 4,5b

3

Als wir wieder bei ihr zu Hause sind, hat die Maria noch ein paar »Aufträge« zu erledigen, wie sie es nennt. Das heißt: Reißverschlüsse einnähen, Hosen kürzen und so weiter.

Ich sonn mich derweil im Garten auf der weißen Plastikliege. Kann der Maria ja nicht ständig mit meiner Anwesenheit zur Last fallen. Und mit der bunten Stoffauflage ist die Liege auch nicht mehr ganz so unbequem. Allmählich fallen mir die Augen zu, und ich döse ein wenig vor mich hin.

In meinem Traum sehe ich mich plötzlich wieder am Donauufer. Ich sitze am Kiesstrand, die Maria ist schon heimgegangen. Es ist kurz vor Sonnenuntergang, und meine Gedanken schweifen ab. Auf einmal taucht, keine zwei Meter von mir entfernt, dieser Wagen wieder aus dem Wasser auf. Erschrocken spring ich hoch, lasse einen Schrei los. Ich will weglaufen, aber meine Beine sind wie gelähmt. Ich komme kaum einen Schritt voran. Jede Bewegung ist unglaublich anstrengend. Während ich panisch im Zeitlupentempo versuche wegzulaufen, schau ich mich noch einmal um und erkenne plötzlich eine Gestalt hinter der Frontscheibe des Wagens. Doch meine Beine sind bleischwer, und ich hab keine Chance, wegzulaufen. Die Gestalt klettert aus dem heruntergekurbelten Fenster der Beifahrerseite und watet mit großen Schritten durchs kniehohe Wasser auf mich zu. Sie trägt eine schwarze Kutte. Die Kapuze hat sie tief ins Gesicht gezogen. Gleich wird sie mich eingeholt haben. Ich schreie um Hilfe, doch niemand hört mich. Plötzlich spür ich zwei eiskalte Hände an meinem Hals. Sie würgen mich. Ich krieg keine Luft mehr. Als ich zu mir komme, liege ich auf einem Scheiterhaufen …

Dann werd ich von rauchgeschwängerter Luft wieder wach: Die Maria hat ihren kleinen, runden Grill in einiger Entfernung aufgestellt. Ein paar Würsteln brutzeln geduldig über der Glut. Sie verbreiten einen Duft, der mir das Wasser im Munde zusammenlaufen lässt. Gleich ist da der Alptraum vergessen.

Nach dem Essen sitzen wir noch eine Zeit lang zusammen mit dem Georg unter dem Pavillon, der die aufkommende Feuchtigkeit und Kälte abhält. Der Georg ist aber auch ganz schön grau geworden. Und einen Ranzen hat er. Aber das nennt man ja heutzutage liebevoll einen »Wohlstandsbauch«. Irgendwann wird's uns aber samt unseren Decken und Wollstrümpfen zu kalt, und ich verabschiede mich in mein Zimmer.

Ich steh auf den Zehenspitzen und schau noch mal zum Dachfenster hinaus, bevor ich mich ins Bett lege. Draußen ist alles ruhig. Fast beängstigend ruhig. Nur der kleine Bach, wenige Meter unterhalb vom Haus, plätschert ohne Unterbrechung. Die Nacht ist kalt, und mein Atem bildet Wölkchen. Ich drück das Fenster wieder zu. Gähnend geh ich zu meinem Bett. Der Bretterboden unter mir knarzt. Ich überlege, wie lange ich hierbleiben werde, und weiß zu dieser Zeit noch nicht, dass es länger sein wird, als mir lieb ist.

Als ich mich umdrehe und ins Bett steigen will, sehe ich aus dem Augenwinkel heraus, dass schräg hinter mir die Tür aufgeht. Dumm, ich hab vergessen abzusperren. Schon steht der Georg in meinem Zimmer. Er ist unübersehbar betrunken und packt mich von hinten am Nachtgewand.

»Bist narrisch! Hau ab, Georg! Was soll denn das?« Ich versuche, mich aus seiner Umklammerung zu lösen.

»Jetz' sei doch vernünftig, des bringt doch nix.« In meiner Not appelliere ich an seine Vernunft. Endlich weicht er zurück, und ich kann ihn rücklings aus dem Zimmer drängen.

Mann, ist der schwer! Die Maria schläft anscheinend nebenan schon und hat von all dem wohl nichts mitbekommen.

Ich lieg noch eine Zeit lang wie gelähmt in meinem Bett und starr in die Dunkelheit. Lange hab ich keinen Mann mehr gehabt, merke ich, und auch, dass mir das irgendwie fehlt. Aber auf diese Art? Und außerdem: Die Maria ist ja schließlich meine Freundin. Irgendetwas hat er aber, der Georg. Das muss ich mir insgeheim doch eingestehen …

Am nächsten Morgen möchte ich dennoch am liebsten meine Koffer packen. Aber ich bleibe. Ein undefinierbares Gefühl bringt mich dazu. Mit schwerem Kopf stapf ich die Holztreppe hinunter. Aus der Kuchl strömt mir bereits Frühstücksgeruch entgegen: frisch gebrühter Kaffee und aufgebackene Semmeln. Es riecht leicht angebrannt.

Unten im Gang treff ich auf den Georg. Ich schau ihn mit todesverachtendem Blick an. Der weiß schon, warum. Doch er glotzt mich nur saublöd im Vorbeigehen an. Auch wenn er gestern sturzbesoffen war und sich wahrscheinlich an nichts mehr erinnern kann, ist das keine Entschuldigung für sein Verhalten. Zum Glück geht er gleich aus dem Haus, und ich rutsche mit einem unterdrückten Gähnen auf die Eckbank in Marias gemütlicher Wohnküche.

Nachdem wir ausgiebig gefrühstückt haben, kommt sie wieder auf die Minna, ihre schon sehr betagte Tante, zu sprechen. Sie wohnt im Weiler Hintergrub, und wir beschließen, heute zu ihr zu fahren.

***

Am selben Vormittag, anderswo im Dorf

Der Kartoffelmann kommt. Er fährt mit seinem Wagen permanent und hochtourig im ersten Gang. Und mit seinem vertrauten

Bimmeln, das er alle zehn Sekunden unterbricht, kennt ihn jeder hier. Doch heute haben die Leute keinen Sinn für Kartoffeln. Das Interesse an der Nachricht von der Bergung eines Autowracks aus der Donau ist größer als an einem Sack voll Kartoffeln.

***

Die Fahrt nach Hintergrub dauert nicht lang. Sieben, acht Minuten höchstens. Der Weiler ist nicht sehr groß, fünf, sechs Häuser, ein paar Stadel, ein Bauernhof. Die Maria parkt ihren Wagen am Straßenrand. Wir steigen aus. In der Ferne hört man noch das Mittagsläuten unserer Dorfkirche. Die Maria schaut mich skeptisch an.

»Wenn man's Glockenläuten hier noch hört, dann regnet's bald.«

Ich schau sie verständnislos an. Aberglaube?

Das Haus, in dem die Minna wohnt, steht auf der Sommerleit'n am Waldrand. Es ist zwar im Sommer ziemlich heiß auf dieser Seite des Berges, dafür aber im Winter nicht so kalt, weil sie mehr Sonne abkriegt. Das Haus erinnert mich ein bisserl an ein Hexenhäusel. Von oben bis unten wilder Wein. Der Garten wirkt ungepflegt. Hat anscheinend schon lang keinen Rasenmäher mehr gesehen. Ein alter, wackeliger Staketenzaun aus Kastanienholz trennt das Grundstück vom angrenzenden Feld. Die Fensterläden im ersten Stock sind geschlossen. Das Gartentürl steht offen. Der Weg zum Haus ist mit grauen Granitsteinen gepflastert.

Wir gehen durch den Vorgarten. Die Minna hat uns wahrscheinlich kommen sehen und steht schon in der Tür. Doch mit dem Aussehen einer Hexe hat sie offensichtlich kaum etwas gemeinsam. Ihr silbergraues Haar ist kurz geschnitten. Sie wirkt etwas streng, aber sie lächelt.

»Habe d' Ehre.«

Überrascht, aber dennoch freundlich, bittet sie uns herein. Sie geht voraus. Ich merke, dass sie humpelt. Aber das ist ja normal in diesem Alter. Die ist bestimmt schon weit in den Siebzigern. Sie führt uns in die Kuchl und bietet uns Platz auf ihrer gemütlichen Eckbank an. Alte deutsche Qualitätsarbeit, vermute ich und streife mit der Hand über das glatte helle Holz. Nichts wackelt, wenn man sich hinsetzt. Hier drin wirkt überhaupt alles sehr gepflegt. Im Gegensatz zum Garten oder zumindest zu dem Teil, den ich davon gesehen hab.

Auf dem quadratischen Tisch mit den geschnitzten Beinen liegt eine weiße Tischdecke, mit kleinen roten Blumen bestickt. Darüber eine durchsichtige Lackdecke, die mit Klipsen am Tisch fixiert ist. Hinter mir hängt eine alte schwarz lackierte Wanduhr. Gerade fängt sie an zu schlagen.

»Guad schaust aus, Tante Minna«, sagt die Maria zu der Tante, aber die ist etwas schwerhörig. Die Maria wiederholt daher, was sie gesagt hat.

»Ja, geh weider«, wiegelt die Minna ab und erklärt nicht ohne Stolz: »Im August werd ich achtundsiebzig.«

Da hab ich mit meiner Vermutung bezüglich ihres Alters ja richtiggelegen. Sie setzt sich uns gegenüber auf einen einfachen Stuhl, der aber aus einem anderen Holz als die Eckbank gemacht ist.

»Und was habt's für ein Anliegen, Madln?«, fällt sie mit der Tür ins Haus. »Einfach so seid's doch ned kemma, oder?«

Die Minna schaut erst der Maria, dann mir in die Augen. Ich kann ihrem durchdringenden Blick nicht lange standhalten. Heute Morgen beim Frühstücken hat sie mir ja auch nur andeutungsweise erzählt, was es mit ihrer Tante auf sich hat.

»Also, wo drückt der Schuh?«, drängt sie, und es scheint, als hätte sie nicht viel Zeit. Die Maria druckst etwas herum, bis sie auf den Punkt kommt.

»Weißt, Tante Minna, in unserer Wirtschaft is ja seit einiger Zeit der Wurm drin. Also, das Gschäft läuft ned besonders gut, die Gäste werden immer weniger. Und letzthin bei unserm ersten Grillfest is auch noch der Gasofen explodiert, was dann der Anlass für einen handfesten Streit zwischen dem Georg und mir war. Ich hätt am liebsten meine Siebensachen gepackt und wär abgehau'n.« Die Maria seufzt.

»Und was hab *ich* mit der ganzen Gschicht zu tun?«, fragt die Minna irritiert, und ihre Augenbrauen wippen unruhig.

»Ja, weißt du, ich hab gedacht, du hast doch deine Karten noch ... Die Tarotkarten, meine ich ...«, flüstert die Maria verschämt. »Also, vielleicht könntest du ja mal ... ein bisserl schauen? In die Karten, mein ich. Und überhaupt, verstehst du?«

»Ja, ja, ich versteh schon. Auch wenn ich nimmer so gut sehen kann. Das is immer das Gleiche: Wenn die Leut' nicht mehr weiterwissen, kommen s' zu mir. Dann kann nur noch der Blick in die Zukunft helfen. Wenn alle ein bisserl eher kämen, könnt man sicher manches drohende Unheil noch abwenden. Aber was red ich, mir glaubt ja keiner was.«

»Doch, Tante Minna, *ich* glaub dir. Du hast bis jetzt immer richtiggelegen mit deinen Vorhersagen.«

»So, so ...« Die Minna stützt sich auf der Tischkante ab und erhebt sich langsam. Ich schau auf ihre Hände. Die Haut wirkt lederartig und trocken. Hände, die viel gearbeitet haben im Leben.

Ein bisserl gebrechlich ist sie schon, denk ich und verfolge sie mit meinen Blicken, während sie rüberhatscht zu dem alten, wurmstichigen Küchenbüfett. Eine antike Glasschale aus Rauchglas mit rotbackigen Äpfeln steht auf der Ablage. Sie zieht eine Schublade auf, die dabei ein markerschütterndes Quietschen von sich gibt, und greift mit einer Hand hinein. Dann kommt sie mit einer kleinen, abgegriffenen Schachtel wieder zurück. Sie klopft die Schachtel auf den Tisch, bis die Karten herausgleiten. Nun mischt sie die Karten und legt bedächtig vier davon in Form eines Kreuzes auf den Tisch. Die Karten sind noch umgedreht. Dann wendet sie eine nach der anderen, und ich bin irgendwie gefangen von der eigenartigen Stimmung, die plötzlich in der Luft liegt, obwohl ich schon sehr skeptisch bin gegenüber dem, was die alte Dame da macht.

»Tante Minna, sag mir bitte genau, was du siehst.« Die Maria hat jetzt einen ganz starren Blick. Ihre Pupillen sind groß wie zwei Vollmonde. Sie schaut ihre Tante unentwegt an. Die lässt ihrerseits keinen Blick von den vor ihr liegenden symbolischen Hinweisen auf den Karten.

»Eine arme Seele geistert rum in euerm Wirtshaus …« Sie kneift die Augen zu. »Die ist verantwortlich für den Unfrieden bei euch. Sie kann ned ins Licht gehen. Ihr ist ein schlimmes Unrecht geschehen seinerzeit. Wenn einer gewaltsam zu Tode kommt, kann er nicht richtig ›gehen‹. Ein Teil von ihm bleibt hier, hält ihn fest am Ort des Geschehens.«

Als ich das höre, krieg ich von oben bis unten eine Gänsehaut. Ist da was dran? Kann man so etwas überhaupt Glauben schenken? Ich hab da meine Zweifel.

»Was siehst du noch?«, fragt die Maria, und ihre Stimme überschlägt sich fast.

Die Minna muss tief Luft holen, bevor sie weiterreden kann. Sie ist sichtlich erregt. Ihre Hände zittern. Ihr Atem flattert.

»Drei Männer seh ich vorm Wirtshaus. Und die arme Seele, der dort ein Unrecht widerfahren ist.«

»Wer sind die drei?«

»Ich kann ihre Gesichter nicht erkennen. Aber einer davon hält sich die Augen zu. Weiß ned, warum.«

Ungläubig reiße ich die Augen auf. Mir wird auf einmal ganz anders. Wenn das wirklich stimmt, dann … dann muss da beim Wirtshaus vormals ja was Schreckliches passiert sein!

Stockend fährt die Tante fort: »Ja. Lang ist's her. Aber noch nicht lang genug. Alles wird totgeschwiegen. Eine lange Zeit. Ein qualvolles Sterben war's.«

Die Minna schaut erschöpft aus. Ihr steht der Schweiß auf der Stirn. Kann Kartenlegen so anstrengend sein? Sie wendet ihren Kopf zum Fenster. Ihre rot geäderten Augen sind glasig.

»Wissen Sie noch mehr? Ich mein, haben Sie mitbekommen, dass irgendwas dort gewesen wäre?«, frage ich aufgeregt. Die alte Dame aber schüttelt nur den Kopf. Wir schweigen beide, sehen uns betroffen an.

Nach einer Weile steht die Maria auf und legt der Minna die Hand auf die Schulter: »Lass gut sein, Tante Minna. Du hast uns schon geholfen. Wir wollen dich nimmer länger strapazier'n.«

Lass meinen Gang in Deinem Wort fest sein
und lass kein Unrecht über mich herrschen.
Psalm 50,18

4

Am Mittwochmorgen, 27. April

Das Wetter hat umgeschlagen. Unangenehmer Fischgeruch liegt in der Luft. Den trägt der Wind von der Donau herüber. Bei Tagesanbruch steigen überm Wald Nebelschwaden auf. Die Zeitungsfrau fährt mit ihrem Mofa von Haus zu Haus. Mürrisch steckt sie die Zeitungen in die Briefkästen. Die Turmuhr schlägt sechs.

***

Inzwischen ist es schon fast Viertel nach sieben, und der Wecker reißt mich unsanft aus dem Schlaf. Ich setze mich im Bett auf und reflektiere: Hier wollte ich ein neues Leben beginnen. Hier in meiner alten Heimat. Ein Leben außerhalb von München. Weg vom Lärm, Gestank und der Anonymität dieser Stadt. Durch meine Erbschaft, die ich von Tante Lisbeth bekommen habe, würde ich finanziell eine Zeit lang unabhängig sein und mir in Ruhe überlegen können, wie ich mein Leben gestalten werde. Aber dass ich hier gleich in eine mysteriöse Geschichte hineingezogen werde, hätt ich mir im Traum nicht gedacht. Es ist jetzt halb acht. Ich sitz noch immer auf meinem Bett. Der Fleckerlteppich vor dem Bett hundelt arg. Ich steh auf und mach einen Hüpfer, damit ich nicht darauftreten muss. Etwas eklig ist das schon.

Beim Frühstück erzählen wir dem Georg von den Erlebnissen bei der Minna. Der aber belächelt uns nur.

»Ihr spinnt's doch.« Zum Teil ist er amüsiert, zum Teil vielleicht auch schockiert. Ich weiß es nicht.

»Ein bisserl narrisch seid's ihr Weiberleit schon, gell?«, lautet sein Kommentar.

Er verzieht den Mund jetzt zu einem eigenartigen, süßsauren Lächeln. So hat er auch geschaut, als er vorgestern Nacht in mein Zimmer gekommen ist. Dann steht er auf.

»So ein abergläubisches Weibsvolk aber auch«, meint er kopfschüttelnd und verlässt die Kuchl.

»Georg, wo willst denn hin?«, ruft die Maria ihm noch nach. Aber er ist schon weg.

»Ein seltsames Verhalten ist das.« Sie langt sich an den Kopf. »Da soll einer noch die Mannsbilder versteh'n.«

Der Georg ist erst am Abend wiedergekommen, und wir haben nicht gewusst, wo er den ganzen Tag über gesteckt hat. Im »Donauwirt« war er jedenfalls nicht. Er ist fahl im Gesicht, und beim Abendessen redet er kaum was. Erst als die Maria das Geschirr abspült, räuspert er sich und druckst herum:

»Also. Ich hab noch mal über das nachgedacht, was ihr mir heute Morgen erzählt habt. Ich hab mit dem Hans, meinem Bruder, gesprochen. Der arbeitet doch bei dieser Baufirma. Also die, die den neuen Fußweg da am Ortsrand gemacht haben. Der Hans hat sich anfangs auch gewundert, warum sie den Weg nicht weiterführen durften bis zu unserm Wirtshaus hin. Aber bei der Gemeinde waren s' stur. Die haben kein Einsehen gehabt. Da war die Rede von Eigentumsverhältnissen und wegen dem angrenzenden Naturschutzgebiet und so weiter. Außerdem sei die Haushaltskasse leer, und man müsse ja schließlich sparen, wo's geht. Dem Hans ist das schon etwas spanisch vorgekommen, aber er hat halt seine Arbeit gemacht und nicht weiter drüber nachgedacht. Aber jetzt, wo ihr mir das erzählt habt … Also ich weiß ned, was ich davon halten soll … Ich mein, wenn ich daran denk, dass die da vor ein paar Tagen ganz in der Nähe vom ›Donauwirt‹ ein Auto aus dem Wasser geholt haben. Vielleicht war da ja wirklich vor langer Zeit etwas, das wir nicht wissen.«

Über die Sache mit dem Auto aus der Donau aber wächst allmählich Gras. Die Aktualität der Angelegenheit hat nachgelassen. Man hat sich an den Gedanken gewöhnt, und da bisher keine weiteren Neuigkeiten zur Bevölkerung durchdringen, geht man im Ort wieder seinen täglichen Dingen nach.

Befiehl dem Herrn deine Wege und hoffe auf ihn;
er wird's wohl machen.
Psalm 37,5

5

Am Sonntag, 1. Mai, halb zehn vor der Kirche St. Petrus

Der Pfarrer kommt aus dem Pfarrhaus. Er überquert den Hof und geht in seine Kirche. Dort wird er alles Nötige für den Gottesdienst um zehn Uhr vorbereiten. Auf seinem Weg grüßt ihn eine Anwohnerin. Freundlich und ehrfürchtig. Kurz darauf läuten die Kirchglocken den Beginn des Gottesdienstes ein. Heute drängen die Leute geradezu ins Gotteshaus. Viel wichtiger ist aber, dass man nach dem Kirchgang auch dabei ist, wenn sich die Leute wieder auf dem Vorplatz zusammentun und sich den neuesten Tratsch erzählen. Ein wahrhaft heuchlerisches Volk. Außen hui, innen pfui!

Hinter jeder Gardine lauert brennende Neugier. Das Böse ist überall. Böse Blicke, üble Nachreden. Doch der Herr Pfarrer kennt seine Schäfchen. Oft besser als diese sich selbst. Haben sie den Schritt über die Schwelle des Gotteshauses nach draußen getan, fängt der Teufel in ihnen sein Werk an, kaum dass sie den Leib Christi hinuntergeschluckt haben. Der Pfarrer selbst aber würde ebenfalls ins Visier der Schandmäuler geraten, wenn die Wahrheit ans Licht käme.

***

25. April 1989
Gegen halb ein Uhr nachts am Ortsrand von Wörth

»He! … Was macht's denn *ihr* da?«

»Scheiße! Der Pfarrer! Wo kommt'n der jetzt mitten in der Nacht her?«

»Was macht's 'n ihr da? Seid's narrisch?«

»Des geht dich einen Scheißdreck an. Schau, dassd' weiderkommst. Hau ab, mir brauch'n dich da ned.«

»Ihr versündigt's euch beim Herrgott. Ihr seid's ja verrückt. Ich hol die Polizei.«

»... des tust *du* ned. *Du* g'wiss ned.«

»Und warum sollt ich das *nicht* tun?«

»Weils d' selber genug Dreck am Steck'n hast, Herr Pfarrer.«

»Wie meinst denn des jetzt?«

»Ich mein die Polaroid-Bilder mit den kleinen Jungs und dir. Was hast'n getrieb'n mit denen, du Sau?«

»... wo ... wo sind die Bilder?«

»Gut aufgehoben. Des kannst mir schon glauben, und ich hoff bloß für dich, dass des keine Burschen von unserm Ort waren.«

»Mei. Aber des, des is ja schon so lang her, des ... Und jetzt willst mir am End' damit droh'n?«

»Ich droh dir ned, ich schlag dir ein G'schäft vor: Du hältst dein Maul, und ich halt mein Maul. *Quid pro quo*, Hochwürden. Wir hab'n uns verstanden? Und jetzt schaust, dassd' weiderkommst!«

»Is ja gut, du hast gewonnen. Ich werd schweigen – bis zum Jüngsten Tag. Und wer weiß schon, wann der is ...«

So spricht der Herr: Verflucht sei der Mann,
der auf Menschen vertraut, auf schwaches Fleisch sich stützt.
Jeremias 17,5

6

Am Sonntag, 1. Mai, nach dem Zehn-Uhr-Gottesdienst in der Kirche St. Petrus

In der Fußgängerzone herrscht jetzt geschäftiges Treiben. Viele Bürger haben den Weg hierher gefunden. Der Maibaum soll aufgestellt werden. Der ortsansässige Spielmannszug begleitet das Szenario musikalisch und verleiht dem Ganzen einen beschwingten Charakter. Die Spannung unter den Leuten steigt, je höher der Baum gehievt wird. Drei grüne Kränze baumeln in gleichmäßigen Abständen daran. An seiner Spitze, die hoch in den weiß-blauen Himmel ragt, ist ein kleiner Tannenbaum befestigt. Das letzte Stück ist geschafft. Der Baum steht. Die Leute klatschen, und der eine oder andere ist am Ende auch erleichtert. Die Kapelle spielt einen Tusch. Die Leute strömen zu den Bierbänken. Jeder möchte einen Platz, möglichst im Schatten unter einem Schirm. An den Ständen gibt es Gegrilltes und Bier, Kaffee und Kuchen. Man unterhält sich.

★★★

Die Maria und ich haben dem Maibaum-Aufstellen auch beigewohnt. Jetzt aber haben wir Durst und brauchen nur noch ein schattiges Platzerl. Und wir haben Glück. Ein älteres Ehepaar steht gerade auf und packt seine übrig gebliebenen Speisen in eine Serviette. Ich muss innerlich schmunzeln: *Doggybag* nennt man das, wenn einer Essensreste mit nach Hause nimmt. Das hat mir mal jemand erzählt. Na ja, die Maria hätt ja auch Hunde …

Der Mann mit dem *Doggybag* macht eine uns zugewandte Handbewegung. Er lächelt freundlich. Ich nicke und lächle dankbar zurück. Wir setzen uns auf die zwei frei gewordenen Plätze. Direkt über uns haben wir einen Schirm. Perfekt. Ich zieh meinen linken Schuh aus und massiere mit beiden Daumen meinen vorderen Fußballen. Das Kopfsteinpflaster ist halt einfach nix für Pfennigabsätze. Das ist mir nun klar. Ich schiele hinüber zu Marias Füßen. Die hat jetzt kein Problem. Sie hat ihre Birkenstock-Latschen an. Aber trotzdem: Ich könnt das nicht. Wenn ich wohin geh, zieh ich mir ordentliches Schuhwerk an.

Jetzt freu ich mich aber erst einmal auf ein kühles Radler. Die Maria bestellt sich einen Caffè Latte. Vier Stück Zucker tut sie hinein und rührt länger als nötig mit dem Löffel darin um. Ich nehm einen tiefen Schluck aus meinem Glas. Wir beobachten eine Zeit lang das Treiben. Es sind sehr viele Leute da, man könnte meinen, fast der ganze Ort. Das schöne Wetter hat sie wohl hinausgetrieben. Komfortabel ist mein Platz zwar nicht an der Außenkante der Bank. Und da die Sonne inzwischen weitergewandert ist und permanent auf mein Gesicht scheint, stehen mir schon Schweißperlen auf der Stirn. Im Schatten ist's aber noch recht kühl. Ist ja auch erst Anfang Mai. Durch den Duft, den die Würstelbraterei schräg gegenüber verbreitet, verspüre ich ein immer stärker werdendes Hungergefühl. Ich stehe auf.

Ob ich ihr auch eine Steak-Semmel mitbringe, fragt die Maria. Steak-Semmel mit Caffè Latte? Bitte, wenn's ihr schmeckt. Ich nicke lächelnd und zwänge mich ungeduldig zwischen den Leuten zum Grillstand durch. Als ich schweißgebadet nach etwa zwanzig Minuten, zwei eingewickelte Semmeln balancierend, wieder zurück bin, steht der Bürgermeister bei uns am Tisch und redet. Mit jedem. Scheinbar irgendwie gleichzeitig. Weiß nicht, wie er das macht. Aber dafür ist er ja Bürgermeister. Ich kenn den von früher, als er noch nicht Bürgermeister war. Von den nicht mehr ganz jungen Leuten, die hier wohnen, kennen sich viele von früher.

»Servus.« Ich grüß ihn beiläufig. War noch nie so ganz mein Fall, der Sepp. Aber er hat sich für sein Alter gut gehalten. Kurz geschnittene grau melierte Haare, exakt gestutzter Schnauzer, randlose Brille. Ein moderner, gesitteter Mensch, der einem die geforderte Seriosität vermittelt. Halt so, wie es sich für einen Bürgermeister gehört. Nur der Bauchansatz stört etwas die ansonsten hoch gewachsene, schlanke Silhouette.

»Ist der Platz noch frei?«, spricht mich plötzlich jemand von der Seite an, während ich in Gedanken versunken das äußere Erscheinungsbild des Bürgermeisters studiere. Doch ja, neben mir ist gerade frei geworden. Ich beantworte die Frage mit einem Nicken.

»Bitt' schön.« Mit der Hand mache ich eine einladende Bewegung.

Unauffällig taxier ich aus dem Augenwinkel heraus das Paar, das jetzt neben mir in der prallen Sonne steht und nach Schatten lechzt. Die zwei lächeln uns dankbar an. Welche Wirkung doch ein Sonnenschirm auf das Gemüt haben kann. Wie sich jedoch gleich herausstellt, ist es eine Freundin von der Maria, die Martha. Der Mann daneben ist der Franz, ihr Ehemann.

Ich kenn die beiden nicht. Sie dürften aber auch so Ende vierzig sein. Die Maria hat mir schon ein bisserl von ihnen erzählt gehabt, als wir am ersten Nachmittag auf ihrer Terrasse gesessen haben. Dass die beiden nur zwei Straßen weiter wohnen würden und dass es um die Ehe der zwei wohl nicht so gut bestellt sei. Kinder haben sie keine bekommen, obwohl sie's sogar mit künstlicher Befruchtung versucht hätten. Das hat die Martha und den Franz dann fast auseinandergebracht.

»Habt's auch schon g'hört von dem Auto aus der Donau?«, fängt die Maria gleich an, drauflloszureden, und als ob man sich darauf was einbilden könnt, ereifert sie sich:

»Und *wir* zwei waren sogar live dabei, wie die den herausgezogen haben, gell, Sofie?«

Mir ist das fast schon peinlich, wie sie damit angibt und sich in den erstaunten Blicken von Martha und Franz aalt. Dann dreht sich die Maria zum Bürgermeister hin.

»Du, Sepp, was ich dich fragen wollt«, wechselt sie ganz plötzlich das Thema und fällt ihm ins Wort, als er gerade im Gespräch ist mit jemandem wegen der Anschaffung eines neuen Löschfahrzeugs.

»Wieso habt's denn den neuen Radweg ned bis zum Wirtshaus rübergezogen? Dann täten jetzt mehr Gäste den Weg zu uns finden und müssten ned so umständlich von der anderen Seite herfahren.«

Der Sepp reagiert aber nicht auf ihre Frage.

»Krieg ich keine Antwort?«, fragt die Maria daraufhin mit überzogen energischem Ton.

Da ergreift die Martha Partei für ihn und keift: »Mei, des musst schon verstehen, Maria. Is halt völlig überarbeitet, der Arme. Schau ihn dir doch an. Alle wollens' was von ihm. Er sollt' ja eigentlich langsamer tun nach seinem Herzanfall, aber er kann sich halt ned schonen in sei'm Job, gell, Sepperl?«

Wie die mit dem redet, wundere ich mich. Wie mit einem kleinen Kind. Eigenartiges Verhalten. Ob die auf dem Land alle so sind? War das früher auch so? Ich weiß es nicht mehr, bin ja lange weg gewesen. Ich seufze innerlich. Macht sich da jetzt etwa eine Art Melancholie breit in mir? Und ich frage mich: Fühl ich mich wohl bei diesen Leuten mit domestiziertem Menschenverstand?

Der Sepp schaut einen Augenblick lang blöd, hat dann aber gleich eine Antwort für die Maria parat: »Wir können schließlich nicht auf die Belange von jedem Einzelnen Rücksicht nehmen, und schließlich haben wir auch noch andere wichtige Ausgaben. Es hätte unsere ohnehin schon strapazierte Finanzkasse in die roten Zahlen katapultiert. Stimmt's, Alfons?«

Er nickt dem Mann zu, mit dem er gerade über das neue Feuerwehrfahrzeug gesprochen hat.

»Hat's vielleicht noch einen anderen Grund?« Die Maria lässt nicht locker.

»Was soll die Fragerei?« Er dreht sich etwas pikiert um und geht.

Inzwischen ist's halb zwei, und wir machen uns auf den Rückweg. Wir sind zu Fuß da, und das war eine gute Entscheidung. Die Parkplätze rund um den Marktplatz sind alle hoffnungslos überfüllt. Während wir uns durch die Menge quetschen, die sich wie eine Schlange durch die Fußgängerzone quält, kommt uns der Gustl, der Maria ihr Bruder, entgegen. Einen knallroten Kopf hat er. Den hat die Frühjahrssonne aber schön erwischt. Die Maria winkt ihm zu. Der Gustl arbeitet hier im Ort bei der Polizei. Er ist drei Jahre älter als sie, schaut aber aus wie sechzig. Provozierender Bierbauch, Halbglatze, graubrauner Haarkranz. Um die eins achtzig groß und nicht gerade mein Traummann. Wir bleiben stehen.

Die Maria fragt ihn: »Was is'n eigentlich mit dem Auto aus der Donau geworden? Weiß man da schon Genaueres?«

Der Gustl müsst's ja wissen, denk ich und bin gespannt, was er sagt. Aber er gibt sich bedeckt. Typisch. Darf halt nicht aus dem Nähkästchen plaudern. Ich guck mir derweil die Bäume am Straßenrand an. Sauber und in gleichmäßigen Abständen sind sie gepflanzt. In einer Reihe. Wie mit dem Lineal gezogen. Typisch deutsche Gründlichkeit. Und eingesperrt sind sie auch noch. In ein mannshohes Gitter. Sollen da die Hunde nicht ranpinkeln oder die Jugendlichen nicht reinritzen?

Der Gustl verrät uns aber trotzdem ein paar Details aus der Sache mit dem Autowrack. Wir erfahren, dass es rein zufällig bei einem Übungstauchgang der Wasserwacht in drei Metern Tiefe geortet wurde. Der Wagen soll aus Österreich stammen und etwa fünfzehn bis zwanzig Jahre am

Grund der Donau gelegen haben. So ähnlich hat es ja auch in der Zeitung gestanden. Eine Leiche? Nein, die hätten sie nicht gefunden. Obwohl sie den ganzen Bereich dort gründlich abgesucht haben.

»Wasd' ned sagst, aus Österreich war des Auto. Und woher genau?«, hakt die Maria nach.

»Der Wagen hatte ein Linzer Kennzeichen. Wir arbeiten schon mit der österreichischen Polizei zusammen. Die Nachforschungen haben ergeben, dass der Halter dieses Wagens als vermisst gilt.«

»Unglaublich«, presst die Maria hervor.

»Und wo is des Mensch jetzt? Haben s' den schon gefunden?«

»Eben nicht, sonst wär er ja nicht als vermisst gemeldet, kapierst ned?«

»Macht des die Kripo?«, fragt sie weiter.

»Im Moment gibt es noch keine eindeutigen Anhaltspunkte dafür, dass es sich um ein Verbrechen handelt. Wir stehen erst am Anfang unserer Ermittlungen.«

Die Maria fragt neugierig weiter: »Was für ein Auto war denn des?«

»Ein dreifünfundzwanz'ger BMW, Baujahr '86«, antwortet der Gustl knapp. »So, jetz' muss ich aber weiter. Also servus, pfiat euch!«

»Typisch Gustl, immer im Stress.« Die Maria schaut dem Eilenden nach, der schon bald in der Menge verschwunden ist.

»Recht viel schlauer sind wir jetzt aber auch nicht«, kommentiert sie enttäuscht.

»Wir werden's schon noch erfahren.« Ich versuche, ihre Neugier zu dämpfen. Wenn ich in dem Moment schon wüsste, was wir noch alles erfahren würden, würde mir jetzt schon schlecht werden.

Wir haben die Menschenmenge inzwischen hinter uns und müssen nur noch durch die schmale Gasse mit dem

Kopfsteinpflaster. Die Maria deutet auf eine Baustelle auf der gegenüberliegenden Straßenseite.

»Schau dir das mal an. Das ist doch eine Schande«, empört sie sich, während wir an einer riesigen, schlammigen Baugrube vorbeigehen. »Ein Stück Dorf – einfach abgerissen. Ein Stück Vergangenheit, weg. Aus und vorbei. Das kommt nie mehr wieder.«

»Was stand denn da früher?«, frage ich stirnrunzelnd. Ich kann mich im Moment nämlich überhaupt nicht erinnern.

»Weißt du's nimmer? Der Meier-Hof. Die haben doch dieses wunderschöne alte Bauernhaus g'habt. Mit Schieferdach.«

Sie versucht, mit der Hand die Dachziegel nachzuformen. »Und einen Pferdestall. Bei denen hab ich als Kind immer die Eier geholt für die Mama. Manchmal hab ich auch die Pferde streicheln dürfen. Na ja, aber die Geldgier der Großkopferten war halt wieder größer als das Verständnis für das historisch Wertvolle«, bedauert sie und schüttelt den Kopf. »Wahrscheinlich bauen s' da auch wieder so hässliche Wohnblöcke hin. Wie vorne in der Finkenstraße.«

Ich seufze und dreh mich noch mal um. Ja, jetzt erinnere ich mich wieder.

»Wirklich ein Jammer. Ein Haus ums andere reißen s' ab, damit s' wieder einen von diesen ultramodernen Bunkern hinstellen können. Unser Ort verliert bald ganz seinen ursprünglichen Charakter«, schimpf ich, und die Maria stimmt mir vollkommen zu.

Wir haben inzwischen ihr Haus in der Maxstraße erreicht.

»Wo is'n eigentlich der Georg?«, frag ich, vielleicht etwas zu neugierig, denn es geht mich ja nicht wirklich was an, wo der sich gerade aufhält.

»Wo soll'n der schon sein. Vorn halt, im Wirtshaus. Wahrscheinlich spielen die eh bloß wieder Karten, anstatt dass er was machen tät, damit wieder mehr Gäste kommen.« Sie schaut mich mit sorgenvollem Blick an.

»Und saufen könnt er auch ein bisserl weniger. Aber der is sich ja eh selbst sein bester Gast.« Ein süffisantes Lächeln umspielt ihre Lippen, während sie das sagt.

Gegen zweiundzwanzig Uhr an diesem Abend steig ich matt die Treppe zu meiner Schlafkammer hoch. Als ich schon im Bett lieg und gerade das Nachttischlamperl ausgeknipst hab, klopft's an meine Tür.

»Moment.«

Ich dreh's Licht wieder an und setz mich gähnend auf.

»Was is los?«, rufe ich etwas unfreundlich, da ich jetzt eigentlich nichts anderes mehr will als schlafen.

»Ich bin's«, flüstert die Maria von draußen.

Ich steh also wieder auf. Zögernd öffne ich die Tür und verschränke die Arme vor meiner Brust. Mir ist kalt. Die Maria steht im Bademantel vor mir. Sie zwängt sich rein und drückt leise die Tür zu. Dann legt sie ihre Hand auf meinen Arm.

»Du, des lässt mir jetzt keine Ruhe mehr. Ich will wissen, was es auf sich hat mit dem, was der Georg da vor ein paar Tagen gesagt hat«, flüstert sie aufgeregt. »Das mit dem Weg, weißt noch ...? Ich hab noch mal drüber nachgedacht. Mir kommt's ein bisserl so vor, als wollten die dort in der Nähe vom Wirtshaus nicht rumbaggern. Aber warum, Sofie?«

Sie setzt sich auf mein Bett und verknotet den Gürtel ihres Bademantels. Ich weiß nicht recht, was sie meint, möcht jetzt aber auch nicht weiter nachforschen. Ich will eigentlich nur zurück in mein Bett. Mit einem Satz springt die Maria auf.

»Weißt du was, wir gehen morgen gegen Abend da mal ein bisserl spazieren.«

Als sie mein zweifelndes Gesicht sieht, beruhigt sie mich aber gleich. »Stell dich ned so. Ich nehm ja auch die Hunde mit. Du bist mir vielleicht ein Feigling.«

Ich seufze, und das mit dem Feigling nehm ich ihr sofort übel. Aber dann denk ich mir: Also gut, damit du eine Ruh gibst, geh ich halt mit.

Suchet, so werdet ihr finden!
Matthäus 7,7

7

Am Montagabend gegen sechs ziehen wir los. Ich hab eigentlich keine besondere Lust, in der beginnenden Dämmerung wie ein Depp herumzulaufen, und mach das nur der Maria zuliebe. Am liebsten würde ich wieder umkehren. Aber ohne ein Wort des Widerstands geh ich neben ihr und den Hunden. Dem Georg haben wir gesagt, dass wir mit der Lady und dem Fritzl noch mal rauswollen.

Nachdem wir etwa zehn Minuten unterwegs sind, komme ich noch mal auf ihre Andeutungen zu sprechen, die sie gestern Abend geäußert hatte.

»Wie kommst du eigentlich darauf, dass die Baufirma in der Nähe von eurem Wirtshaus nicht baggern sollte?«

Die Maria zuckt mit den Schultern. »Ich weiß nicht, es war nur so ein Gedanke. Was der Sepp mir aufm Maifest zur Antwort gegeben hat, kam mir halt etwas schwammig vor. Es macht doch keinen Sinn, einen Radweg mittendrin aufhören zu lassen, oder?«

Da hat sie wohl recht, denke ich.

***

Unterdessen, anderswo im Dorf

Feierabendruhe kehrt ein im Ort. Es ist kurz nach halb sieben. Nebel zieht auf, der wie eine Decke zuerst die Donau und allmählich den ganzen Ort bedeckt. Kaum jemand würde bei dieser Witterung freiwillig die feuchtkalt hereinbrechende Dämmerung mit der Gemütlichkeit einer heimischen Eckbank oder Wohnzimmercouch tauschen wollen …

***

Wir haben jetzt das Naturschutzgebiet erreicht. Die Dämmerung nimmt zu. Bei jedem Atemzug sehe ich nun meinen Hauch vorm Gesicht. Die Feuchtigkeit kriecht an mir hoch wie eine eklige Spinne. Mir ist nicht recht wohl zumute. Aber ich sag nix. Es hat ja doch keinen Sinn. Sie nennt mich sonst nur wieder einen Feigling. Die Hunde werden unruhig. Der Fritzl zieht heftig an der Leine. Die Maria bindet ihn los. Hier können die zwei mal richtig frei laufen.

Wir sind inzwischen über die Holzbrücke auf den Schotterweg gelangt. Außer uns Dummen ist bei dem ungemütlichen Wetter keiner unterwegs. Ich spür einen Tropfen auf der Nase. Ist das vom Nebel, oder regnet's jetzt? Ich wisch den Tropfen mit dem Handrücken weg. Meine Hände sind kalt. Meine Füße sind kalt. Ich friere. Aber ich sag nix. Bin doch keine Memme. Die Lady jagt dem Fritzl pfeilgrad hinterher. Bald seh ich die beiden nicht mehr. Die sind längst vom Weg ab. Die Maria pfeift nach ihnen. Einen hör ich jetzt irgendwo im Gebüsch bellen. Aber ich seh ihn nicht.

»Ein richtiger Urwald ist das hier.«

Die Maria stimmt mir zu. Kann mich gar nicht mehr erinnern, wie das in meiner Kindheit hier ausgesehen hat.

»Wo sind denn die Hunde?«, frag ich die Maria, weil ich aufgrund des zunehmenden Nebels die zwei nicht mehr sehe, und merke, dass ich zu zittern beginne. Weiß nicht, ob vor Kälte oder vor Angst. Sie ruft sie nacheinander beim Namen. Jetzt bellen beide. Die sind da wohl irgendwo in dem Gestrüpp drin. Vor zehntausend Jahren hat es hier bestimmt auch nicht anders ausgesehen. Nur das Jahrhunderthochwasser, das heuer nach der Schneeschmelze kam, hat einiges ausgeschwemmt und die natürliche Form der Umgebung teilweise verändert. Die Spuren des Wassers sind auch jetzt noch sichtbar. Es ist richtig unheimlich hier, und ich möchte lieber nach Hause. Ich beiß die Zähne zusammen, damit sie nicht so klappern. Meine Zähne klappern nämlich immer, wenn's mich friert. Ich raffe meinen Mut zusammen und schlag der Maria mit belegter Stimme vor: »Lass uns umkehren.«

Doch statt einer Antwort brüllt sie wieder nach den Hunden.

»Lady! Fritzl! Hierher!«

Hätte nicht gedacht, dass die Maria eine so Hartgesottene ist. Aber allein heimgehen will ich jetzt auch nicht. Ich atme tief durch. So etwas wär mir in München nie passiert. Ein Sehnsuchtsgedanke? Reue? Nein. Niemals. Ich wollte doch für immer weg. Weg aus dieser Stadt. Was gehen mir nur für dumme Gedanken durch den Kopf. Reiß dich zusammen. Du bist wirklich eine Memme. Ich stapf also brav weiter neben ihr in meinen schon zur Hälfte durchnässten Schuhen.

»Lady! Fritzl!« Wieder ein Versuch. Die Hunde folgen nicht. Eine Mischung aus Gejaule und Gebell dröhnt in unseren Ohren. Weit können die ja nicht sein. Plötzlich schießen sie aus dem Gebüsch heraus und rennen auf uns zu. Die Maria schimpft die beiden, weil sie nicht zu bellen aufhören wollen.

»Warum sind die denn so aufgeregt?«, frage ich.

Auch der Maria kommt's eigenartig vor.

»Was ist denn heute los mit denen?« Sie beugt sich zu dem Rüden hinunter und zischt: »Der Fritzl hat da irgendwas im Maul.« Sie hält seinen Kopf fest und langt ihm beherzt in den Schlund. So was würde ich mir nie trauen.

»Was is'n des?« Sie hält mir vor die Nase, was sie ihm gerade abgenommen hat. Ungläubig starrt sie auf das Ding in ihrer Hand.

»Des schaut aus wie ein Knochen ... du ... des *is* ein Knochen. Den hat er anscheinend da vorn aus dem Gebüsch geholt.« Der Fritzl knurrt wie wild und reißt sich wieder los. Die Maria lässt den Knochen angeekelt und mit einem spitzen Schrei auf den Boden fallen.

In meinem Kopf schlagen die Gedanken Purzelbäume. Maria will den Hunden hinterherlaufen, die sich bereits durch das Gestrüpp vor uns gezwängt haben. Es ist aber überaus dicht hier. Kleine Zweige mit Dornen und Widerhaken erschweren uns den Zugang. Meine Haare haben sich schon darin verfangen. »Autsch!« Ich habe Angst, dass ich in ein Loch trete. Man weiß ja nie, was sich da alles unter dem Boden verbirgt, der mit Brennnesselsträuchern und Schlingkraut überwuchert ist.

»Jetzt komm schon!«, ruft die Maria ungeduldig. »Wir müssen weiter. Ich will wissen, woher der Fritzl das hat.«

Sie hat ihre Taschenlampe angeknipst. Aber das macht's nur noch unheimlicher. Sie bückt sich, ist im Begriff, da noch weiter hineinzukriechen. Ich steh zwei Schritte hinter ihr. In der einen Hand hält sie die Taschenlampe. Mit der anderen drückt sie die Äste beiseite. In unmittelbarer Nähe hören wir die Hunde. Aber wir sehen sie nicht.

Mein Hals ist wie zugeschnürt. Essen könnt ich jetzt nichts. Keinen Bissen würde ich hinunterkriegen, obwohl mein Magen sakrisch knurrt. Wir hätten doch *vorher* noch abendessen sollen. Die Maria bleibt mit ihrem Rucksack hängen und fällt fast hin. Ich kann sie gerade noch am Arm packen und festhalten.

»Oh Gott, was ist das alles nur für ein Schmarrn hier.« Rutschig ist's auch noch. Verdammt, hätten wir's doch sein lassen.

»Lady!«, kreischt die Maria schon heiser und fuchtelt mit der Lampe rum. Ich bin immer noch knapp hinter ihr und fluchtbereit. Falls was wär, bin ich nämlich auch schnell wieder auf dem Weg draußen.

»Was macht denn die Lady da?« Das fragt die Maria ausgerechnet mich.

»Halt doch mal die Lampe richtig hin«, keuche ich mit einem mir fremden Befehlston. Das ist normalerweise nicht meine Art. Aber an diesem Tonfall ist mit Sicherheit mein Adrenalinspiegel schuld. Der ist nämlich gerade ziemlich in die Höhe geschossen.

»Sie scharrt.«

Jetzt seh ich's auch. Der Fritzl kauert neben ihr. Die Schnauze hat er in den Boden gegraben.

»Was schnüffelt er denn da?«

Nun steht mir doch der Schweiß auf der Stirn, obwohl's mich eigentlich friert. Was es doch für Zustände gibt. Und überhaupt. Eine Zumutung ist das Ganze hier. Jetzt fängt der Fritzl auch an zu buddeln. Mein Spannungs-Angst-Barometer steigt. Der Rüde schnüffelt, buddelt und gräbt, was die Pfoten hergeben.

Der Maria steht der Mund offen. Jetzt fiept der Hund. Allmählich geht sein Fiepen in ein eigenartiges Gejaule über.

»Da muss was sein«, flüstert die Maria tonlos.

***

Zur selben Zeit, etwa fünf Gehminuten von Maria und Sofie entfernt

Der Pfarrer ist noch mal rausgegangen. Er will noch ein paar Minuten frische Luft schnappen. Sein Weg führt ihn über die Holzbrücke zum Ortsrand. Dass es bereits dämmert, stört ihn nicht. Er möchte allein sein. Seinen Gedanken nachhängen. Gespräche mit Gott führen. Das Gewissen erleichtern. Denn da ist noch immer diese drückende Erinnerung, die ihn von Zeit zu Zeit einholt.

»Herr, vergib mir!«

Weiter vorn nimmt er plötzlich Hundegebell und den Schein einer Taschenlampe wahr. Er bleibt kurz stehen, macht dann kehrt. Sein Gang wird schneller. Es ist ihm nicht mehr geheuer hier. Die Vergangenheit holt ihn erneut ein: Was er damals, nicht weit von hier, gesehen hat, hat sich in sein Gehirn gebrannt. Auch seinerzeit hatte er sich nur die Füße vertreten wollen, bevor er ins Bett ging. Doch von jenem verhängnisvollen Tag an war er erpressbar geworden. Das Wissen um das Geschehene und die Tatsache, nicht gehandelt zu haben, lasten seither schwer auf ihm. Er weiß nicht, was jetzt da vorn los ist. Aber er weiß noch, was er damals hier in der Nähe gesehen hat und auch, was er später in seinem Beichtstuhl gehört hat. Niemals wird er vergessen können. Doch er wird sein Schweigen wahren. Er hadert mit sich. Ja, er hätte zur Polizei gehen sollen. Damals. Herr, vergib ihm!

Vergebet einander, wie auch Gott euch
durch Christus vergeben hat.
Epheser 4,32

8

Mein Herz klopft jetzt wie verrückt, und das verursacht in meinem Kopf das Gefühl, als würde er jeden Moment zerspringen.

Die Pfoten vom Fritzl stecken schon tief in der Erde, doch er hört nicht auf zu graben. Knurrt und gräbt weiter. Ein eiskalter Schauer fährt mir den Rücken hinunter. Irgendetwas muss da verborgen sein. Die Maria schaut auch schon zweierlei. Der ist's jetzt auch nicht mehr ganz wohl, glaub ich.

»Soll'n wir ned doch lieber heimgeh'n?«, frag ich mit trockener Kehle. Doch als Antwort bekomme ich nur:

»Psst, sei leise.«

Inzwischen haben die Hunde die Schlingpflanzen und einiges an Erdreich weggescharrt. Scheint ein steiniger Boden darunter zu sein. Ich kann etwas Längliches erkennen. Ich denke, ein Stück Fels. Was Helles jedenfalls. Fast bin ich schon erleichtert.

»Siehst du, da ist nichts. Nur steiniger Boden, sonst gar nichts«, erklär ich mit wieder einigermaßen fester Stimme.

Die Maria aber stochert in der Erde wie eine Verrückte mit der Hundekot-Schaufel herum, die sie immer dabeihat, wenn sie mit den Hunden geht.

»Allmächtiger! Das ist *kein* Stein ...« Sie drückt mir die Lampe in die Hand. Ich halte den Strahl direkt auf die Stelle am Boden. Sie kniet sich hin. Wischt mit beiden Händen auf diesem hellen Etwas herum. Dann lässt sie einen spitzen Schrei los.

»Jesus Maria – da liegt ein Skelett!«

»Du spinnst doch.« Ich glaub's nicht.

Sie kratzt jetzt mit bloßen Händen den Dreck weg. Mir

wird schlecht. Dann seh ich's auch: Es ist tatsächlich der Knochen eines menschlichen Unterarms. So wahr ich hier stehe. Die Hunde schnüffeln dran.

»Und was machen wir jetzt?« Meine Knie sind butterweich, und ich hab nur einen Wunsch: weg von hier.

Die Maria aber hat Nerven wie Drahtseile. Gleich hat sie ihre Fassung wieder. Sie geht mit der Lampe noch näher an das ran, was da aus der Erde ragt. Sie pustet. Wischt Steinchen und Blätter weg. Vielleicht hat da ja auch nur einer Essensreste vergraben. Vielleicht vom letzten Schweineschäuferl … Vielleicht ist's auch ein Rehrücken? An diese Hoffnung klammere ich mich noch für ein paar Sekunden, ehe ich der Wahrheit ins Gesicht schau. Nein, es ist kein Rehrücken. Ein Rehrücken hat keine Hand.

Was die Maria nun freilegt, möchte ich meinem ärgsten Feind nicht in seine Träume wünschen. Es kommen ein kompletter skelettierter menschlicher Arm und Knochenteile einer Hand zum Vorschein. Ich spür, wie sich mein Magen zusammenkrampft. Das ist zu viel für mich. Womit hab ich das verdient?

Wir starren eine Ewigkeit auf das, was sich unseren Augen nun darbietet. Minutenlang bringt keine von uns beiden ein Wort über die Lippen. Ich könnt auch gar nicht, denn ich hab meine Hand fest auf den Mund gepresst. Dann lässt die Maria nochmals einen Schrei los.

»Pfui Deif'l!«, kreischt sie und schleudert ihre Schaufel auf den Boden.

»Und jetzt?«, frag ich würgend nach einer endlosen Weile.

»Willst du nun den Rest auch noch ausgraben?«

Die Maria zieht ein Taschentuch aus der Jacke und wischt ihre verdreckten Hände ab.

»Ja, bin ich denn ein Totengräber? Des is jetzt nimmer unser Sach'. Wir geh'n sofort zur Polizei. Mein Handy hab ich leider ned dabei, sonst würd ich den Gustl von hier aus gleich anrufen. Du, der wird schau'n, wenn der erfährt, dass sei' Schwester ein Skelett gefunden hat. Auf dem sein G'sicht bin ich jetzt schon gespannt.«

Ich seufze. Ich möchte das Ganze am liebsten gar niemandem erzählen. Lieber gleich wieder vergessen. Ich wende mein Gesicht ab von diesem grauenvollen Bild. Ich fühl mich wie in Trance. Das alles hier scheint wie ein böser Alptraum. Alptraum? Da fällt mir plötzlich wieder mein Traum ein, den ich in der ersten Nacht bei der Maria hatte.

»Erinnerst du dich an unser erstes Frühstück? Wir hatten doch in dieser Nacht beide von einer Leiche geträumt.«

»Und jetzt haben wir ein Skelett gefunden ...«, stammelt sie mit brüchiger Stimme.

»Ein seltsamer Zufall ...«, ergänze ich fassungslos.

Die Maria schüttet ein paar Schaufeln mit Erdreich über das klaffende Loch, und die Hunde schwänzeln um uns herum. Wollen gelobt werden für das, was sie da »Schönes« gefunden haben. Rückwärts kriechen wir Stück für Stück aus dem Gestrüpp. Ich hab mich noch nie so sehr nach zu Hause gesehnt.

Geschafft. Wir sind wieder auf dem Weg. Der Nebel ist inzwischen sehr dicht geworden. Man sieht kaum die Hand vor Augen. Gut, dass die Maria ihre Taschenlampe mitgenommen hat. Wir gehen zügig. In Gedanken versunken und über das Erlebte nachdenkend.

»Das ist doch Wahnsinn, oder?«, ergreift sie dann irgendwann das Wort. »Da liegt einer, weiß Gott, wie lang schon, vergraben, und keiner weiß davon.«

»Na ja, zumindest einer ... Nämlich der, der ihn vergraben hat«, antworte ich. Und in Gedanken spinn ich mir gleich alle möglichen Erklärungen zusammen und wage es schließlich, meinen Gedankenkollaps in Worte zu fassen: »Meinst du, dass der Tote etwas mit dem Auto aus der Donau zu tun hat?«

Die Maria kaut auf ihrer Lippe herum.

»Es würde mich nicht wundern, wenn«, zischt sie.

Als wir auf der Polizeistation im Ort angekommen sind, erzählt die Maria dem Gustl, der hier der Dienstellenleiter ist und heute zufällig Nachtschicht hat, alles haarklein und immer wieder. Sein Gesicht werd ich so schnell nicht vergessen. Erst ungläubig, dann geschockt hat er geschaut, und sein Gesichtsausdruck verrät mir, was er gerade denkt: wieder eine Arbeit mehr.

Na ja, ein bisserl was müssen die schon auch zu tun haben, auch wenn sie Beamte sind. Schließlich kommt es nicht alle Tage vor, dass jemand ein Skelett an einem Ort findet, wo es eigentlich nicht hingehört. Der Gustl notiert sich alles. Dann greift er zum Hörer und telefoniert mit den Kollegen von der Kripo Regensburg.

»Die werden gleich einen Trupp vorbeischicken«, sagt er und fragt, ob wir derweil Kaffee wollen. Zum Aufwärmen. Nein, ich geh da nicht noch mal hin. Ich streike. Ich geh heim. Das erklär ich auch der Maria, als zwanzig Minuten später eine sechsköpfige Mannschaft der Polizei aus Regensburg mit drei Fahrzeugen eintrifft.

»Hier hast den Hausschlüssel.« Sie wirft ihn mir fast beleidigt zu. Ich fang ihn gerade noch auf. Wenn ich zu dieser Zeit schon wüsste, was ich bei ihr zu Hause erleben soll, wäre ich lieber mit zum Fundort gefahren. Meine Feigheit und Müdigkeit sind aber größer und meine Schuhe und Socken inzwischen tropfnass. Wie sehne ich mich jetzt nach einem Bett. Einem trockenen, warmen Bett. Ich nehm die Hunde und mach mich auf den Heimweg. Ist ja nicht mehr weit bis zu ihrem Haus. Zehn Gehminuten vielleicht.

Ich überlege, ob ich nicht noch ein heißes Bad nehmen soll, während ich die Haustür aufsperre. Im Wohnzimmer läuft der Fernseher. Es brennt kein Licht. Ich hör aber

Fußballgeräusche und schau hinein. Der Georg liegt auf der Couch. Als er mich sieht, murmelt er etwas Unverständliches. Der hat wohl schon geschlafen.

»Wo is'n die Maria?«, fragt er dann blinzelnd, weil er nur mich sieht, und ich bin mir nicht sicher, ob der noch ganz nüchtern ist. Am Boden entdecke ich drei leere Bierflaschen. Okay, der is nimmer nüchtern. Ich weiß nicht, was ich sagen soll. Soll ich ihm jetzt gleich alles erzählen? Lieber nicht. Erst morgen.

»Die Maria kommt gleich. Kannst weiterschlafen.« Er dreht mir den Rücken zu und zieht sich die Wolldecke hoch. Ich versuche, möglichst leise hinaufzugehen. Die Hunde liegen schon in der Küche auf ihren Schlafplätzen.

Jetzt mach ich's mir erst einmal im Badezimmer gemütlich. Hoffentlich ist noch genug heißes Wasser da. Ich lass mir ein Bad ein und setz mich erschöpft und immer noch schockiert auf den Wannenrand. Dampfend schießt der heiße Strahl herunter. Bald ist alles vernebelt. Wie draußen, nur wärmer. Ich nehm das Badeöl, drücke einen Spritzer ins Wasser. Dann steig ich in die Wanne und lasse die Last des Tages von mir abfallen. Ich will jetzt nicht mehr an das Skelett denken. Ich will jetzt an gar nichts mehr denken. Mich nur noch entspannen, den Kopf wieder freikriegen und die beruhigende Wärme des Wassers genießen …

Die Maria ist inzwischen mit der Einsatztruppe am Fundort angekommen. Mehrere Kripobeamte, der Allgemeinarzt Dr. Reisinger sowie Leute von der Spurensicherung sind schon vor Ort. Sie tragen weiße Ganzkörperanzüge, Überschuhe und blaue Gummihandschuhe. Die Maria ist zum ersten Mal in ihrem Leben in einem Streifenwagen mitgefahren, wird sie mir später erzählen. Sie geht voraus und zeigt den Beamten die Stelle. Mit Taschenlampen, Schaufeln und anderem Gerät ist die Mannschaft ausgestattet. Der Bereich wird mit einem Band gesichert. »Polizei-Absperrung«, steht drauf. Sie stellen Scheinwerfer auf. Das Gebiet ist nun ziemlich gut ausgeleuchtet. Fingerspitzengefühl ist gefragt. Vorsichtig werden weitere Knochenteile freigelegt.

»Wie lang liegt der schon hier?«, fragt Alfred Krempl, der Hauptkommissar.

»Es sind keine organischen Substanzen mehr vorhanden. Mindestens zehn Jahre. Vielleicht noch länger«, erklärt ihm einer der Männer von der Spurensicherung. »Ist ziemlich mühsam, damit uns nichts durch die Lappen geht«, ergänzt er und zieht sich die Kopfbedeckung aus dem Gesicht. »Hat der Täter ihn hier getötet oder nur hier ›entsorgt‹?«

Der Mann von der Spurensicherung zuckt mit den Achseln.

Einer der Männer macht Fotos von den menschlichen Überresten. Ein anderer ist mit einem Pinsel am Werk. Irgendwann haben sie alle Knochen ausgegraben und in einen Metallsarg gelegt.

»Kann man etwas über das Alter oder Geschlecht der Person sagen?«, will einer der Beamten vom Doktor wissen.

»Nicht wirklich. Aber ich würde mal vom Becken her auf einen Mann schließen.« Er hält sich bedeckt mit genaueren Angaben. Während der Fundort wieder aufgeräumt wird, entdeckt einer der Mitarbeiter am Boden zwischen Blättern und aufgegrabener Erde eine Halskette. Er bückt sich. Hebt sie auf. Sie ist ziemlich verwittert und hat grobe Glieder. Eine Herrenkette. Er lässt die Kette durch seine Finger gleiten. An der Kette hängt ein Medaillon.

»Du, Alfred! Ich hab was gefunden!«, ruft er dem Hauptkommissar im beigebraunen Regenmantel und karierten Hut zu. Er lässt das Medaillon an der Kette baumeln und versucht erst vorsichtig, dann mit sanfter Gewalt, es zu öffnen. Der Polizeibeamte nimmt es zwischen Daumen und Zeigefinger seiner linken Hand und will mit der rechten den Verschluss lösen. Dabei bricht die obere Hälfte des Medaillons ab und fällt auf den Boden. Der Beamte kneift die Augen zu. Er hält den Strahl seiner Taschenlampe direkt auf die andere Hälfte des Medaillons, die er noch in der

Hand hat. Der Hauptkommissar steht jetzt neben ihm. Es kommt ein vergilbtes Foto zum Vorschein. Darauf ist das Gesicht einer dunkelhaarigen jungen Frau zu sehen. Der Alois nimmt das Foto heraus. Es ist nicht eingeklebt. Er wendet es. Auf der Rückseite steht in Handschrift ein Name geschrieben.

»Kathi Winkler.«

Er liest den Namen vor. Noch mal. Und noch mal. Ganz langsam. So, als würde er versuchen, ihn jemandem zuzuordnen. Dann schüttelt er den Kopf. Er schaut zu dem anderen Beamten. Der schüttelt ebenfalls den Kopf.

»Der Name sagt mir im Moment gar nix.« Der Hauptkommissar betrachtet wieder das Bild.

»Hübsches Ding.« Er nickt anerkennend. »Vielleicht war das dem seine Freundin?« Er macht eine Kopfbewegung hin zu dem Zinksarg auf dem Boden.

»Wir werden die Dame schon ausfindig machen, sofern sie noch lebt.« Er dreht dem Beamten den Rücken zu und gibt den Befehl zum Verlassen des Fundortes. Das Medaillon mit dem Foto lässt er in eine kleine Plastiktüte gleiten und verschließt sie.

Die Mannschaft packt alle Utensilien zusammen und verlässt das Gelände wieder. Der Sarg wird in den Kombi geschoben.

»So einen Fall hatte ich auch noch nicht«, meint Hauptkommissar Krempl abschließend zu seinem Kollegen und steigt mit ihm in den Wagen.

***

Ich sitz noch immer in der Wanne. Mein Badewasser ist inzwischen fast kalt geworden. Aber es reicht ja jetzt auch. Meine Haut ist schon ganz aufgeweicht und schaut aus wie ein Schwamm. Vorsichtig steige ich aus der Wanne, trockne mich ab, zieh mir das Nachtgewand und den Bademantel über, bevor ich in meine Kammer geh. Ich will gerade die Tür zum Zimmer öffnen, da seh ich plötzlich den Georg, der im Dunkeln in der Ecke gegenüber steht. Ein kalter Schauer fährt mir den Rücken hinunter. Er sieht mich mit seinen Eisaugen ungeniert an. Von unten nach oben. Fixiert sie schließlich auf meiner Oberweite. Er torkelt auf mich zu.

»Was willst'n schon wieder?« Ich ahne nix Gutes.

Er lallt irgendwas von »Geh, sei halt a weng nett zu mir«. Er drückt seine Hand so lang auf meine, die noch immer krampfhaft die Klinke umfasst, bis die Tür aufspringt, und schiebt mich schnell ins Zimmer. Kaum schau ich, lieg ich schon rücklings auf dem Bett. Er auf mir drauf. Er stinkt nach Alkohol. Der Sabber läuft ihm aus dem Mund. Mund? Maul. Wie ein Viech kommt er mir jetzt vor. Ich versuche, mein rechtes Knie in seinen Unterleib zu rammen. Es gelingt mir nicht. Jedenfalls nicht so fest, wie ich wollte. Er heult auf. Ein bisserl hat der Hieb doch gewirkt. Soll ich schreien? Aber es ist ja eh keiner da. Wo bleibt denn nur die Maria? Aus dem Augenwinkel heraus seh ich den Stielkamm. Er liegt auf dem hölzernen Nachtkästchen neben dem Nagellack und der Feile. Ich keuche, und der Georg meint vielleicht noch, mir gefällt das. Feile oder Stielkamm? Eine intuitive Entscheidung: Ich greife nach dem Stielkamm, umklammere ihn krampfhaft. Will gerade ausholen … da steht auf einmal die Maria im Zimmer. Sie schaut erst ihn an, dann mich, und ihre Gesichtszüge erstarren augenblicklich.

»Miststück.« Sie spuckt aus, verfehlt mich aber um ein paar Zentimeter. Wenn die wüsste, dass ich den Georg eigentlich gerade umbringen wollte. Ich lass demonstrativ den Stielkamm fallen. Leider aber gibt es absolut kein Geräusch, weil er auf dem hundelnden Bettvorleger gelandet ist.

»Also des … des is jetzt wirklich nicht so, wie's ausschaut, Maria. Glaub mir. Der … der hat mich überfallen. Ins Zimmer g'schubst hat er mich, grad wie ich ins Bett gehen wollt. Ehrlich.« Ich flehe sie an. Hab noch nicht oft jemanden angefleht. Flehen hat etwas Unterwürfiges an sich. Das habe ich abgelegt, nachdem ich mich von meinem Ehemann getrennt hab. Aber jetzt sitz ich da und flehe die Maria an, dass sie mir meine Erklärungsversuche abnimmt. Saublöde Situation.

»Mistkerl.« Diesmal zielt die Maria besser, und der Georg fängt eine Ladung Spucke. Sie landet auf seinen Haaren. Wie ein begossener Pudel sitzt er da.

»Ihr Mannerleit seid's doch alle gleich«, flucht sie. Geht hinaus und knallt die Tür zu.

Mich schüttelt es, und ich schäm mich fast. Aber für was eigentlich? *Der* soll sich gefälligst schämen. Mich in so eine Situation zu bringen. Ausspucken könnt auch ich jetzt. Er steht auf. Schlürft mit dem einen ausgelatschten Pantoffel, den er noch anhat, an mir vorbei und geht. Wortlos und ohne mich eines Blickes zu würdigen. Oh mein Gott. Am liebsten möchte ich mich in ein Schneckenhaus verkriechen. Immer passiert etwas, wenn ich irgendwo auftauche.

Scheinbar hat die Maria aber doch eher mir geglaubt als ihm. Am nächsten Morgen hat sie sich nämlich wieder etwas beruhigt. Wenngleich sie mir doch während des Frühstücks ein paar ziemlich zweifelnde, aber auch mitleidige Blicke zuwirft.

»Hätt ich mir ja denken können, dass er es bei dir auch versucht, dieser …« Sie presst die Lippen aufeinander, dann wechselt sie das Thema: »Wir sollen heute noch mal vernommen werden.« Sie beißt herzhaft in ihre Frühstückssemmel. Die Marmelade quillt über den Rand und läuft auf den Tisch. Mit dem Zeigefinger wischt sie drüber und schleckt sich den Batz vom Finger. Die Maria erzählt mir nun von ihren Erlebnissen gestern mit der Polizei am Fundort, und zum Schluss scheint's mir, dass sie sogar irgendwie stolz darauf ist, ein Skelett gefunden zu haben …

So gegen halb zehn fahren wir zur Polizei in Wörth. Der Gustl verdrückt sich ein Gähnen, als er uns kommen sieht. Wir werden ein zweites Mal nach Details gefragt. Aber es gibt nicht viele Details. Nach einer halben Stunde ist alles vorbei. Wir können gehen. Der Gustl hat derweil schon mal seine Brotzeitsemmel ausgepackt. Es ist ja auch gleich zehn. Er hält uns die Tür auf, und im Rausgehen fragt die Maria:

»Gustl, was glaubst: Gibt's da einen Zusammenhang zwischen dem Skelett und dem Autowrack aus der Donau?«

Er tut ahnungslos und zuckt mit den Schultern. »Möglich ist alles. Wir werden es schon herausfinden. Also, pfiat euch.«

Mir kommt's aber so vor, als ob er uns etwas verschweigt. Fast desinteressiert hat er gewirkt. Wir steigen wieder ins Auto. Die Maria starrt durch die Windschutzscheibe.

»Was ist?«, frag ich sie verunsichert.

»Tut mir leid wegen gestern, Sofie«, gibt sie etwas beschämt zu. »Dem Georg kann man einfach nicht trauen. Kaum is ein anderes Weibsbild im Haus, kommt er auf dumme Gedanken. Ich überleg schon, ob ich mich nicht von ihm trennen soll. Du bist jedenfalls nicht die Erste, bei der er's probiert hätt.«

Mir ist die Angelegenheit natürlich sehr unangenehm, weil die Maria meine Freundin ist. Am liebsten tät ich den gestrigen Abend wegwischen. So wie man mit einem Lappen Dreck wegwischt. Freilich war das eine g'schlamperte Sach' gestern, und ich hab's auch ein bisserl mit der Angst zu tun gekriegt, aber … Ich will den Gedanken jetzt lieber nicht zu Ende denken. Wie hätt denn das ausgesehen, wenn ich mich *nicht* gewehrt hätte? Dann wär ich womöglich noch dagestanden als Ehebrecherin. Also weg mit dem Gedanken, wie's gewesen wäre. Es wird wohl am besten sein, wenn ich mir möglichst bald eine andere Unterkunft suche. Irgendwo in der Nähe und trotzdem in sicherem Abstand.

Die Maria seufzt und startet den Motor.

»Kannst dich noch daran erinnern, was die Tante Minna gesagt hat? Und an das, was der Georg an diesem einen Abend erzählt hat?«

Ich dreh meinen Kopf zu ihr hinüber. Sie trommelt nervös mit den Fingern auf dem Lenkrad. Ihre Falte auf der Stirn bildet einen tiefen Schlitz. Die Anspannung ist ihr ins Gesicht geschrieben.

»Die Minna hat doch angedeutet, dass da früher beim Wirtshaus etwas passiert sein muss.«

Ein Unglück, ein Unfall, ein Mord? Drei Fragen und keine Antwort.

Ich spür jetzt auch eine gewisse Aufregung in mir hochsteigen. Bis in die Wangen. Die werden bestimmt gleich wieder rot. Genau wie mein Hals. Früher hab ich mich immer geschämt, wenn ich aufgeregt war und mein Kopf rot wie eine Tomate wurde. Die Flecken am Hals haben dann ausgeschaut wie Knutschflecken. Darum hab ich mir irgendwann angewöhnt, immer Halstücher zu tragen. Das ist bis heute so geblieben. Bei diesem Gedanken muss ich schmunzeln.

»Bestimmt war's ein Mord – oder zumindest ein Totschlag«, vermutet die Maria plötzlich und bremst dabei so scharf, dass meine Handtasche, die ich auf dem Schoß liegen habe, gegen das Handschuhfach knallt. Gut, dass nichts Zerbrechliches drin ist. Meine Sonnenbrille ist zum Glück aus Kunststoff. Im ersten Moment dachte ich, sie wollte mit der Vollbremsung ihre Aussage unterstreichen. Dann aber hab ich das Eichhörnchen gesehen, das blitzschnell wie aus dem Nichts gekommen und über die Straße geflitzt ist. Ich stoße einen Seufzer der Erleichterung aus. Gerade noch davongekommen ist das Viecherl.

»Irgendwann sind die auch noch domestoziv.«

Wieder schmunzele ich. Sie hat wohl »domestiziert« gemeint.

»Wie der Aumüller aus Geisling mit seiner Straußenfarm. Sollens' den armen Viechern doch ihre Freiheit lassen. Wer mag denn schon ein Straußenei zum Frühstück?«

Wir lachen beide, und ich verdränge den Gedanken wieder, dass wir beinahe ein Eichhörnchen überfahren hätten.

Kurz bevor wir zu Hause ankommen, geh ich auf Marias Vermutungen ein.

»Du meinst, dieser Mensch wäre nicht eines natürlichen Todes gestorben? Halten wir also fest: Erstens, ein Auto wurde in der Donau versenkt. Zweitens, unweit davon finden wir ein vergrabenes Skelett. Drittens, die Minna gibt uns durch ihre Karten einen Hinweis darauf, dass vor langer Zeit beim Wirtshaus ein Verbrechen geschehen ist. Gut. Eigenartig ist, dass sich der Gustl bei unserer Vernehmung sehr bedeckt gehalten hat. Ich glaube, der weiß mehr, als er sagt. Wieso?«

Die Maria grinst mich derb an und meint: »Jetzt haben wir noch eine vierte Frage.«

»Und keine Antwort«, ergänze ich seufzend.

Zwei Minuten später stellt sie den Motor ab. Wir stehen auf dem Parkplatz unterhalb ihres Hauses. Während wir die Stufen hinaufgehen, schaut sie stirnrunzelnd auf ihre Armbanduhr und verzieht den Mund. »Viel Zeit hab ich ned. Muss bald wieder weg – zum Wirtshaus. Dem Georg aushelfen. Allein schafft er's nicht. Der Koch ist momentan krank. Hat sich den Arm gebrochen.« Sie schaut frustriert auf den Boden.

»Und die Näherei?«, frag ich vorsichtig. »Wie kriegst denn das alles unter einen Hut?«

Sie zuckt mit den Schultern.

»Manchmal weiß ich's auch nimmer. Aber vom Wirtshaus allein können wir halt auch ned leben.«

»Weißt was?« In diesem Moment kommt mir ein Gedanke. »Ich könnt euch doch ein bisserl aushelfen. Zumindest, bis der Koch wieder da ist. Kochen kann ich übrigens auch«, erkläre ich im Brustton der Überzeugung.

Sie lächelt. Ist sie erleichtert über meinen Vorschlag?

»Tätst du das denn wirklich? Damit wär uns sehr geholfen.« Wieder lächelt sie. Diesmal ist es ein dankbares Lächeln. Ihre Gesichtszüge entspannen sich. Ist sie eine große Sorge los? Ich bin ja so oder so da. Ob ich nun auf der faulen Haut liege oder mich hier nützlich mache. Welche Rolle spielt das? Im Verhältnis zu dem, was ich hinter mir gelassen habe. Einen schrecklichen Ehemann, einen schrecklichen Chef, eine schreckliche, stinkende, dreckige Stadt. Ein schreckliches Leben, das jetzt zum Glück hinter mir liegt. Also, warum nicht der Maria ein bisserl unter die Arme greifen?

Einen Lohn? Nein, den will ich nicht. Das wär ja noch schöner. Blöder Gedanke, den ich gleich wieder wegschiebe. Mir reicht das schon, wenn ich vom Essen im Wirtshaus was abkriege. Eine Wohnung brauche ich allerdings. Und zwar so bald wie möglich. Ich will nicht noch einmal vom Georg belästigt werden. Ist ja zum Glück noch mal gut gegangen. Was wohl geschehen wäre, wenn die Maria mir meine Version *nicht* geglaubt hätte. Daran will ich gar nicht denken. Ein offenes Geheimnis ist jedenfalls: Wenn's um Männer geht, hört bei Frauen die Freundschaft auf.

Wer von Euch ohne Sünde ist,
werfe als Erster den Stein.
Johannes 8,7

9

Was mit dem Skelett passiert:

Die menschlichen Überreste werden ins Institut für Rechtsmedizin an der Universität Regensburg überführt. Eine wichtige Aufgabe kommt nun auf die Gerichtsmediziner zu. Fachleute untersuchen das Skelett und führen eine Sektion durch. Dabei geht es darum, Hinweise auf die Identität der Person zu finden und zu ermitteln, ob es sich um ein Tötungsdelikt handelt.

Parallel dazu werden alte Vermisstenanzeigen zum Abgleich herausgeholt.

Die Polizei vermutet jedoch schon bald einen Zusammenhang zwischen dem Skelett und dem aus der Donau geborgenen österreichischen Autowrack. Unter anderem deshalb, weil die Fundorte nicht weit voneinander entfernt liegen.

Die Kripo in Linz wurde informiert. Das rechtsmedizinische Institut meldet bereits wenige Tage später, man habe das Skelett anhand des Gebisses eindeutig der vermissten Person Martin Paulus aus Oberösterreich, zuletzt wohnhaft in Linz, Stadtteil Ebelsberg, zuordnen können. Es wurden prämortale Kieferaufnahmen von ihm mit dem Skelettgebiss verglichen. Die Suche in der Linzer Vermisstendatei hat des Weiteren ergeben, dass die genannte Person bereits seit dem Frühjahr 1989 als vermisst gilt.

Auch die ausfindig gemachte Mutter, Klara Paulus (72), wohnhaft in Wien, 22. Bezirk (Donaustadt), habe das an der Ausgrabungsstelle gefundene Medaillon eindeutig als das ihres Sohnes identifiziert. Es handele sich dabei um ein Geburtstagsgeschenk. Die Person auf dem Bild kennt sie jedoch nach eigenen Angaben nicht.

Zeitgleich konnte ermittelt werden, dass als letzter Halter jenes BMW 325, Baujahr 1986, ein gewisser Martin Paulus eingetragen ist. Somit ist die Polizei nun schon einen guten Schritt weiter.

***

Wir haben inzwischen Freitag, den 13. Mai. Ich bin nun schon knapp drei Wochen hier. Regenwetter heute, aber nicht unpassend für einen Freitag, den Dreizehnten. Eine neue Bleibe hab ich auch gefunden. Ist gewiss ein Kompromiss, aber einstweilen lässt es sich in der Pension »Talblick« in der Turmgasse ganz gut wohnen. Nicht sehr teuer. Dafür wenig Komfort. Stört mich aber nicht. Hauptsache, ich hab dort meine Ruhe. Da braucht mir gar kein Mann mehr kommen. Die wollen sowieso nur mein Geld, haben sie einmal spitzgekriegt, dass bei mir etwas zu holen ist. Tante Lisbeth tät sich im Grabe umdrehen, wenn ich ihre Erbschaft einem Mann anvertrauen würde. Die hat wohl auch so ihre Erfahrungen mit den Männern gemacht. Womöglich ist sie an gebrochenem Herzen gestorben. Das soll es ja geben. Die Diagnose lautete jedenfalls Herzinfarkt. Man konnte ihr nicht mehr helfen. Aber sie war ja auch schon fast achtzig.

***

Am selben Tag, vormittags um neun Uhr siebenunddreißig, in der Talstraße 19

Die Kripo hat in mühevoller Kleinarbeit die Person auf dem Foto ausfindig gemacht. Das in dem Medaillon gefundene Bild wurde als Fahndungsfoto herausgegeben. Einige anonyme Hinweise folgten. Die daraufhin eingeleiteten

Ermittlungen ergaben, dass die gesuchte Person am östlichen Ortsrand von Wörth lebt. In einer abschüssigen Straße bewohnt sie ein heruntergekommenes, älteres Haus. Der Putz ist an einigen Stellen abgeblättert, und die Fassade wirkt trostlos. Besonders wenn es regnet – so wie heute. Ein Wagen fährt vor. Zwei Kripobeamte in Zivil steigen aus. Sie gehen auf das Haus zu. Drei abgetretene Stufen, daneben ein vom Rost zerfressenes Geländer, führen hinauf. Die Beamten klingeln.

Es steht kein Name an der Tür.

»Guten Morgen, Kripo Regensburg, Hauptkommissar Krempl, das ist mein Kollege Straubinger. Sind Sie Frau Winkler? Frau Kathi Winkler?«

Eine ungepflegt wirkende Person um die fünfzig erscheint. Sie hält einen Zigarettenstummel in der einen Hand. Mit der anderen fährt sie sich durch die dunkelbraunen unfrisierten Haare. Doch der graue Haaransatz ist unübersehbar. Sie blinzelt durch den geöffneten Türspalt. Das Tageslicht blendet sie. Haben die Beamten sie aus dem Bett geklingelt? Es ist ja schon gleich Viertel vor zehn. Da schläft man doch nicht mehr. Zumindest nicht unter der Woche. Ihre Antwort auf die Frage kommt verzögert.

»Ja, die bin ich. Was gibt's? – Oder ist schon wieder was mitm Toni?«

»Wer ist denn der Toni?«

Sie winkt ab und öffnet die Tür ganz, um den Stummel auf dem betonierten Podest mit dem Hausschuh zu zerdrücken. Dann bläst sie den letzten Zug langsam und genüsslich durch die Nase.

»Der Toni ist mein Sohn. Hab schon einen Schrecken gekriegt, dass die den wieder besoffen beim Fahren erwischt haben. Oder noch was Schlimmeres am End?«

»Nein, diesmal sind wir Ihretwegen da.«

»Wegen mir? – Ach so, dann kann ich ja beruhigt sein, oder …?« Sie zieht die Augenbrauen hoch.

»Das wird sich noch herausstellen. Könnten wir vielleicht alles Weitere drinnen besprechen? Ist ein bisschen kalt hier.« Der Beamte reibt sich die Hände.

Kathi Winkler macht eine einladende Handbewegung und geht voraus. Im Haus riecht es nach kaltem Rauch.

»'tschuldig'n Sie die Unordnung.« Ihre Sprache klingt verwaschen. Vom letzten Rausch, der noch nicht lang her ist? Doch »Unordnung« ist untertrieben für das, was sich den Beamten darbietet.

»Müssen Sie nicht in die Arbeit – um diese Zeit?«, beginnt einer der beiden das Gespräch, um sich ein Bild zu machen.

Die Frau bietet den Männern Platz auf ihrer abgenutzten weinroten Couch im Wohnraum an. Sie schüttelt den Kopf.

»Hartz IV«, zischt sie und zündet sich erneut eine Zigarette an. Ihre Hand, in der sie das Feuerzeug hält, zittert unübersehbar.

»Wohnen Sie allein hier?« Der Polizist sieht sich um, während er die Frage stellt. Ein Berg Wäsche liegt unordentlich auf dem beige-braun gemusterten Stoffsessel, aus dem bereits der Schaumstoff hervorquillt. Daneben ein Wäschekorb, randvoll mit Textilien. An der gegenüberliegenden Wand steht ein Holzregal. Es nimmt fast die gesamte Raumlänge ein und reicht bis an die Decke. Vollgestopft mit Zeitschriften, Plüschtieren, DVDs, leeren Flaschen, Gläsern, Lebensmitteln. Am einen Ende der Couch liegen zwei verschlissene, jedoch farblich passende Kissen aus Samt.

»Manchmal ist der Toni bei mir. Aber der bleibt ja nie lang. Hat ja selbst eine Bude …«

»Wie alt ist denn Ihr Sohn?«

Sie überlegt einen Moment. »Zweiundzwanzig. Er arbeitet aufm Bau.«

»Und Sie beziehen kein eigenes Einkommen?«

Sie schüttelt den Kopf. Schaut auf den Boden, der mit Billigauslegware bedeckt ist. Darüber liegt ein abgetretener Perserteppich. »Wollen Sie was trinken?« Die Männer lehnen ab.

»Weshalb wir hier sind, Frau Winkler: Kürzlich wurde am Ortsrand in der Nähe des Naturschutzgebietes ein menschliches Skelett gefunden. Es war in der Erde vergraben. Vielleicht haben Sie ja schon davon gehört?«

Sie nickt und macht ein betroffenes Gesicht.

»Und was hab *ich* damit zu tun?« Sie schlägt die Beine provokativ übereinander und zieht an ihrer Zigarette.

»Frau Winkler, wir haben Grund zur Annahme, dass die … verstorbene Person … *Sie* gekannt hat.«

Kathi Winkler reißt die Augen auf. Wie zwei schwarze Kugeln treten ihre Pupillen aus dem schmalen, kantigen Gesicht hervor. Ihre Haut ist grobporig und fahl und lässt sie älter wirken, als sie ist. Sie streicht mit einer Hand ihre Haare hinters Ohr. Die Adern drücken sich als dicke Wülste durch ihre knochigen Handrücken. Ein breiter, einfacher Silberring schmückt den Ringfinger ihrer rechten Hand.

Der Beamte presst die Lippen zusammen, während er vorsichtig eine kleine Plastiktüte aus seiner Jacke zieht. Er greift hinein und holt das vergilbte Foto heraus. Er hält es Kathi Winkler vors Gesicht.

»Sind *Sie* das?«, fragt er knapp. Er ist gespannt, wie sie reagiert. Er beobachtet genau, wie sich ihre Gesichtszüge verändern. Daraus kann er Rückschlüsse ziehen. Binnen Sekunden – meistens.

Sie wirft einen kurzen Blick drauf und nickt. Dann wendet sie sich ab. Kennt sie das Bild? Hat sie es wiedererkannt? Der Beamte ist sich nicht sicher. Er kann keine eindeutigen Erkenntnisse aus ihrem Gesichtsausdruck ziehen. Jedoch wirkt die Frau bedrückt.

»Frau Winkler …« Er spricht sie vorsichtig an.

Sie hebt zögernd den Kopf, schaut zur Seite. Vermeidet Blickkontakt mit den Männern. Was läuft in ihrem Kopf ab?

»Woher habt ihr das?«, fragt sie und fängt an zu schluchzen.

»Das wurde bei dem Skelett gefunden.« Der Beamte bleibt nüchtern. »Wollen Sie uns etwas erzählen ...?« Er schaut die Frau erwartungsvoll an.

Sie steht auf, stützt die Hände auf die Sessellehne. Räuspert sich. »Also, das Bild da, das hab ich vor langer Zeit machen lassen. In so einem Automat. Wissen S' schon. Davon gibt's ja heutzutage nicht mehr viele. Egal. Also ich hab das Bild dem Martin geschenkt, als Erinnerung. 'tschuldig'n Sie, ich mach mir nur schnell einen Kaffee. Hab heute noch keinen gehabt.« Eine Hustenattacke, wie sie für langjährige Raucher üblich ist, folgt ihrem Bedürfnis nach einer Tasse Kaffee. Dann schlürft sie mit ihren Pantoffeln ums Eck. In die Küche, die genau genommen keine ist. Nur eine eingebaute kleine Küchenzeile, die durch eine Wand vom übrigen Wohnraum getrennt ist. Kurz darauf kommt sie mit einer großen Tasse dampfendem Instantkaffee wieder. Daran, dass sie den Beamten ebenfalls Kaffee hätte anbieten können, hat sie in ihrer Zerstreutheit nicht gedacht.

»Sie erwähnten gerade den Namen ›Martin‹. Martin Paulus?«, fragt einer der Beamten. Er möchte nämlich gleich Gewissheit haben, dass es sich auch um dieselbe Person handelt: um den vermissten Martin Paulus aus Linz-Ebelsberg.

»Ja«, flüstert sie. Ihre Augen werden glasig. Sie seufzt: »Das letzte Mal, dass ich ihn gesehen hab, das war am 25. April. Der 25. April 1989. Kennengelernt hab ich den Martin aber schon einige Zeit vorher. Es war Anfang Februar beim Skifahren am Kitzsteinhorn. Er war aus Linz und hat mir aus dem Lift geholfen, als ich drin hängen geblieben bin mit meinem Ski.« Sie schluckt.

»Wir haben uns ein paarmal getroffen. Er hat mich auch hier besucht. Es war im April. Muss so um den 20. herum gewesen sein. Ja, ich glaub, das kommt hin. Da hab ich noch Urlaub gehabt. Und ich hatte mich so gefreut auf ihn nach der langen Zeit, wo ich ihn nicht hab sehen können. Er ist ein paar Tage geblieben. Hat bei mir gewohnt. Damals noch am Kirchberg. Des is die schmale Gass'n hinter der Kirche.«

Kommissar Krempl setzt seine Befragung fort, ohne Emotionen zu zeigen: »Sie sagten, Sie hätten ihn am 25. April zuletzt gesehen. Wie ist denn dieser Tag verlaufen? Können Sie sich erinnern? Es wäre für uns sehr wichtig, wenn Sie versuchen, sich an Einzelheiten zu erinnern.«

»Ja, Moment …« Die verhärmt wirkende Frau muss einen erneuten Hustenreiz unterdrücken. »Also, es war so: Wir waren fast den ganzen Abend beim ›Donauwirt‹. Wir sind da schon relativ früh hin. Ich bin dann aber schon vor ihm heim, weil ich ja am nächsten Tag früh rausmusste. Weil ich doch damals bei der Post gearbeitet hab. Ich hab die Briefe sortiert. Da musst ich schon um fünf Uhr früh anfangen, manchmal sogar noch eher. Er ist noch im Wirtshaus geblieben. Hat gesagt, er kommt später nach. Er wollt noch ein bisserl mit den anderen Karten spielen. Gekommen ist der Martin aber nimmer. Ich hab ihn nie mehr geseh'n …« Ihre Augen werden wieder glasig.

»Wer war denn an dem Abend noch beim ›Donauwirt‹? Haben Sie die Leute gekannt?«

»Ja. Ein paar von denen hab ich gekannt. Die am Tisch ganz hinten haben Karten gespielt. Das weiß ich noch. Rechts von uns ist ein einzelner Mann auf einer Eckbank gesessen, der hieß, glaub ich, Xaver. Den hab ich dort schon öfter gesehen gehabt. Und noch ein Tisch war besetzt mit Leuten vom Schützenverein. Da hab ich auch einen gekannt davon, aber nur vom Sehen. Der Martin hat dann mit denen vom Schützenverein, die noch da waren, angefangen Karten zu spielen, wie ich gegangen bin.«

»Wer waren denn die, mit denen er Karten spielte?«

»Das waren eigentlich nur vier. Einer war der Thomas, der Sohn vom Wirt. Den Zweiten hab ich, wie gesagt, nur vom Sehen her gekannt und die beiden anderen gar nicht.« Sie überlegt noch mal, schüttelt dann aber den Kopf: »Nein. Nicht gekannt.«

»Sagen Sie, war an dem Abend noch jemand bei Ihnen zu Hause, der Ihre Anwesenheit in dieser Nacht bezeugen könnte?«

»Ja, meine Mutter war bei mir.« Sie unterbricht, um erneut einen Zug aus der Zigarette zu nehmen. Dann fährt sie fort: »Die Mama, ja. Die Gute. Aber die ist leider vor einigen Jahren verstorben.«

»Gut, Frau Winkler. Das war's auch schon. Wir wollen Sie nicht länger stören. Falls Ihnen noch etwas einfällt, melden Sie sich bitte bei uns.« Der Beamte steht auf, gibt der Hartz-IV-Empfängerin die Hand. Dann überreicht er ihr noch seine Visitenkarte. Er zieht den Reißverschluss seiner Jacke zu. Der andere Beamte folgt ihm. Die Frau geht voraus zur Tür. Sie verabschieden sich und steigen in ihren Wagen, den sie am Straßenrand geparkt haben.

»Glaubst du ihr?«, fragt Hauptkommissar Krempl seinen Kollegen Straubinger. Der zuckt mit den Schultern.

»Ich weiß nicht recht. Sie hat keinen lebenden Zeugen für den weiteren Verlauf ihres Abends. – Aber sie hätte auch kein Motiv für eine Tat.«

»Bist du sicher?« Sie schauen sich einen Moment lang unschlüssig an.

»Sie konnte sich spontan und sehr genau an Einzelheiten erinnern. Das ist doch merkwürdig. Das Ereignis liegt immerhin eine ganze Weile zurück. Oder hatte sie sich ihre Antworten schon vor Längerem zurechtgelegt für den Fall, dass jemand käme und Fragen an sie stellen würde? Hm.« Der am Steuer sitzende Beamte schürzt die Lippen und verfolgt einen Regentropfen auf der Windschutzscheibe. Dann startet er mit gerunzelter Stirn den Motor und lenkt den Wagen auf die Straße.

Kathi Winkler sieht hinter der Gardine zu, wie die Männer ins Auto steigen und wegfahren. Dann holt sie die Flasche aus dem Versteck und nimmt einen tiefen Schluck. Wodka, dreiundvierzig Prozent, Billigmarke. Aber sie ist daran gewöhnt. Sie nimmt noch einen Schluck. Und noch einen. Dann stellt sie die Flasche wieder auf den Boden hinter den Vorhang.

Sie wollte vergessen. Doch es war ihr nicht gelungen. Sie wollte verdrängen, doch es war ihr nicht gelungen. Der Alkohol hatte mit den Jahren schließlich einen Schleier auf alles gelegt. Bis es festgetreten war.

Aber jetzt? Muss die Vergangenheit wieder aufgewühlt werden? Schmerzvolle Details an die Oberfläche gedrängt werden?

Kathi seufzt, wischt sich mit dem Handrücken eine Träne ab. Dann legt sie sich wieder auf ihre in die Jahre gekommene Couch und deckt sich mit einer Wolldecke zu. Sie ist müde. Der Alkohol wirkt, wie immer.

***

Heute Abend um sieben ist mein erster richtiger Arbeitseinsatz beim »Donauwirt«. Das letzte Mal hab ich nur gewischt und die Klos geputzt. Ich hoffe, die Gäste merken nicht, dass ich noch nicht so versiert bin. Egal, ich werd's schon hinkriegen. Außerdem bin ich sowieso nur in der Küche. Kartoffeln schälen, Gurken, Zwiebeln und anderes Gemüse klein schneiden. Draußen will mich die Maria noch nicht haben. Besser versteckt halten. Wie einen Hund, bei dem man nicht weiß, ob er beißt. Lieber einen Maulkorb umschnallen. Mein »Maulkorb« misst etwa dreißig Quadratmeter und heißt »Kuchl«.

Die Bedienung und die Maria bringen fast pausenlos schmutziges Geschirr herein. Wegen des fünfundachtzigsten Geburtstages von Frau Amann geht's heute ausnahmsweise mal richtig zu, und die Schwingtür kommt nicht zur Ruhe. Was die Leute so alles zurückgehen lassen. Da könnt man sich eine Sau dafür halten. Die müssen das doch bezahlen.

Allein schon deshalb würde ich nie solche Mengen auf dem Teller übrig lassen. Da sieht man wieder, wie gut es unserer Gesellschaft doch geht. Ganze Portion bezahlen und nur eine halbe essen. Und wie die Frau Amann das macht, dass sie noch so rüstig ausschaut in ihrem Alter, ist mir ein Rätsel.

Gegen elf Uhr abends ist an diesem Freitag, dem Dreizehnten, für mich Schluss mit der Arbeit im »Donauwirt«. Die Maria hat mir gesagt, ich könnt jetzt gehen. Ich schlüpf also wenig später in meine Jacke. Es ist noch frisch draußen um diese Jahreszeit, obwohl mir von der Werklerei den ganzen Abend über schon recht warm geworden ist. Meine Finger sind vom Spülen aufgeweicht. Wie die einer Wasserleiche sehen sie aus. Ein paar Schnittwunden hab ich auch. Weil ich beim Schneiden noch nicht so geübt bin, hat die Maria scherzhaft gemeint. Ja, ja. Vielleicht bin ich für so eine Arbeit auch gar nicht geschaffen. Vielleicht bin ich für überhaupt keine Arbeit geschaffen. Mein Rücken schmerzt. Meine vorderen Fußballen brennen. Hätte ich doch die Gesundheitsschuhe anstatt der Ballerinas angezogen. Das hab ich nun davon. Aber schuld bin ich ja selbst. Die Maria hat mir extra vorher gesagt, ich soll ein gscheites Schuhwerk anziehen. Vom Arbeiten kriegt man irgendwie schlechte Laune. Aber bestimmt ist's nur deswegen, weil ich so kaputt bin. Und das alles ohne Lohn …

»Soll ich dich heimfahren?«, fragt der Georg mit einem Leuchten in den Augen, als er mich allein und müde vor dem Eingang stehen sieht.

»Lass nur, ich geh zu Fuß. Macht mir gar nix aus. Wirklich.« Ha, ha, schön gelogen. Aber lieber mit blutigen Füßen heimkommen als mit dem noch einmal allein sein.

Ich trotte auf dem Gehweg neben der Teerstraße, die direkt in den Ort hineinführt. Das ist zwar ein kleiner Umweg, aber so brauche ich nicht den Schotterweg entlang durchs Naturschutzgebiet gehen, wo das Skelett gelegen hat. Nach gut zwanzig Minuten Fußmarsch bin ich in meiner Bleibe angelangt und froh, endlich die Schuhe von meinen Füßen streifen zu können. Ich bin wie erschlagen, will nur noch schlafen. Lauter wirres Zeug träum ich in dieser Nacht: Einen riesigen Schweinsbraten hätt ich raustragen sollen. Dabei sind mir die heißen Knödel vom Teller gerutscht und einem Gast genau auf sein »bestes Stück« drauf. Oh, der hat geschrien wie am Spieß, und alle Leute haben hergesehen zu mir. Ich hätte vor Scham im Boden versinken können. Schweißgebadet bin ich am nächsten Morgen aufgewacht und dachte erleichtert, weil's ja bloß ein Traum war: Jetzt kann's nur noch besser werden.

Die Zeit ist knapp.
1. Korinther 7,29

10

Sonntag, 15. Mai, Impressionen am Morgen

Es ist zehn Minuten vor sieben. Die Sonne taucht am Horizont auf. Die Vögel beginnen zu zwitschern, und am Ortsrand sieht man den einen oder anderen Frühaufsteher, mit Sporthose bekleidet, Richtung Wald laufen. Der azurblaue Himmel verbreitet bei den Leuten eine gewisse Leichtigkeit. Und doch ahnt hier niemand, was sich bald schon in dem kleinen Waldstück ereignen wird …

***

Inzwischen ist's Mittag, und das Zwölf-Uhr-Leuten ist überall zu hören. Die Maria bemüht sich gerade verzweifelt, die Einschubleiter vom Dachboden ihres Hauses mit einem Stab herunterzuziehen.

»Zefix, warum geht denn des blöde Ding ned auf?«

Ich schau ihr eine Zeit lang zu, während ich hinter ihr die Treppe heraufkomme. Plötzlich dreht sie sich um, weil sie meine Schritte gehört hat.

»Mei, hast du mich erschreckt.« Sie pustet sich ihre blonden Locken aus dem Gesicht. Ihre Frisur ähnelt heute einem Wischmob.

Ich muss bei dem Anblick krampfhaft ein Schmunzeln unterdrücken. Gemein bin ich ja schon. Und die Frage, warum der Georg anderen Weibern nachsteigt, erübrigt sich für mich in diesem Moment.

»Was willst denn da oben?«, frag ich neugierig. Gleichzeitig ist mir aber klar, dass es mich eigentlich gar nichts angeht. Also lenk ich gleich wieder von meiner Frage ab und erklär ihr, dass ich nur deshalb jetzt hinter ihr stehe und sie so erschreckt hab, weil die Haustür unten offen stand. Und dass ich vorher aber auch schön geklingelt hätte.

»Ach ja, dann geht die Glocke halt wieder mal ned«, kommentiert sie ungerührt und hantiert weiter mit dem Stab an dem Haken herum, der an der Einschubleiter befestigt ist.

»Lass mich das mal probieren.« Ich nehme den Stab und führe mit ruhiger Hand das gebogene Ende in den Haken. Mit einem Ruck ziehe ich, und die Leiter löst sich.

»Na, geht doch«, erklär ich mit einem Siegerlächeln im Gesicht. Tut gut, wenn man mal besser ist als die anderen. Sie lässt die Leiter in die Führung rasten und steigt eine Sprosse nach der anderen hinauf. Ein Anblick für die Götter. Ihre abgetragene schwarze Jogginghose ist am Hinterteil ziemlich ausgebeult und hängt ihr fast bis zu den Knien. Und während sie die schmale Holzleiter hinaufklettert, rutscht ihr schlabbriges Oberteil im Takt rauf und runter und gibt mal links, mal rechts ein kleines Speckröllchen preis. Ich schmunzle. Oder darf ich das nicht? Heute bin ich aber wirklich gschert, zumindest in Gedanken. Sagen tät ich ja niemals was. Ein Feigling bin ich schon. Aber die Maria kann ja auch nichts dafür, dass sie schon achtundvierzig ist. Gut, dass ich erst vierundvierzigeinhalb bin. Aber auch mit achtundvierzig würde ich ein bisserl mehr aus mir machen. Okay, so denke ich jetzt. Und wenn's dann so weit ist …?

Jetzt würd mich aber doch interessieren, was sie da oben macht. Ich höre, wie sie Kisten herumschiebt und sich dabei den Kopf anhaut.

»Aua! Verdammter Balken!«, hör ich sie fluchen.

»Kann ich dir irgendwie helfen?«, rufe ich ihr von unten zu. Ich lehne mich an die Wand. Von hier aus kann ich die Ecke sehen, wo damals der Georg besoffen gestanden hat und ich ihn beinahe umbringen wollt. Grauenhafte Vorstellung. Da krieg ich gleich wieder eine Gänsehaut. Ich frag Maria noch mal, ob sie mich da oben braucht. Statt einer Antwort höre ich aber nur schleifende und quietschende Geräusche. Untermalt von ihrem gepressten Atem.

»Basst scho'!«, brüllt sie herunter. »Ich such ein paar Stoffreste. Find die nur grade nicht mehr … Wo hab ich denn den Scheißkarton bloß hin?«

»Okay, ich will dich nicht länger stören. Ich komme später noch mal!« Dann dreh ich mich um und geh die Treppe wieder hinunter. Ich fühl mich auch irgendwie gar nicht mehr wohl in diesem Haus.

Die Maria ist nicht mehr lang droben gewesen. Den Stoffrest hat sie zwar nicht mehr gefunden, dafür aber etwas anderes Interessantes …

»Was ist das?«

Die Maria hält das, was sie heute Nachmittag auf dem Spitzboden in einem alten Karton gefunden hat, dem Georg am Abend vors Gesicht, kaum dass er zur Tür rein ist. Er rümpft die Nase, wirft einen kurzen Blick auf das Foto in ihrer Hand, schiebt sich an ihr vorbei. Er geht in die Kuchl.

»Was ist das?«, wiederholt sie energisch und folgt ihm.

»Wie, was ist das?«, äfft er sie nach und verdreht genervt die Augen. »Siehst du doch – ein Foto. Was soll die Fragerei?«

Er schneidet sich übellaunig eine Scheibe Brot mit dem scharfen Messer ab. Holt dann Butter und Käse aus dem Kühlschrank und stellt alles auf den Tisch. Mit einem Plumpser lässt er sich auf der Eckbank nieder, dass sie kracht. Die Maria dreht sich kopfschüttelnd zur Tür.

»Hast nix Warmes da?«, murrt er und stochert grantig mit dem Messer auf seinem Teller herum. Dann macht er sich noch eine Halbe auf.

»Nicht, solange du mir ned sagst, was für ein Foto das ist.«

»Mein Gott, lass mich doch in Ruh mit deinem Schmarrn. Zeig her.« Er beugt sich zu ihr, reißt ihr das Bild aus der Hand, überlegt und schmatzt.

»Muss die Zwanzig-Jahr-Feier des Schützenvereins beim ›Donauwirt‹ gewesen sein.« Kauend betrachtet er das Bild. Er nickt.

»Ja, genau. Links von mir, des is der Sepp und daneben sein

Spezl, der Franz. Der andere rechts neben mir, des war der … Also, wie hat der gleich noch g'heiß'n? Mist, ich komm nimmer drauf. Jedenfalls war der rechts von mir der Kassier' und der neben dem Kassier', des war der Schriftführer vom Verein. Und das Bild da, das hat der Thomas gemacht. Der Sohn vom damaligen Wirt. Ja, der Thomas. Da war der so Anfang zwanzig. Armer Kerl. Ein Jahr später is er an seinem Geburtstag im Suff an seiner eigenen Kotze erstickt. War eine ganz tragische Geschichte. Hm.« Er nickt bedauernd.

Die Maria schaut ihn eindringlich an.

Dann schwenkt er um und meint stolz: »Schau, wie viel Haar ich damals noch g'habt hab.«

Die Maria steht auf und wendet sich angewidert ab.

»Aber was kruschst 'n du überhaupt in meinen Sachen rum, he?«, keift er plötzlich.

Die Maria schlägt die Hände über dem Kopf zusammen.

»Mein Gott, Georg, es geht jetzt ned um Herumkruschen oder nicht, es geht um einen Toten, der eingegraben war und den offensichtlich jemand hat verschwinden lassen. Und dessen Auto in der Donau versenkt worden ist!« Mürrisch, da hungrig, schiebt sich der Georg ein weiteres großes Stück Allgäuer Emmentaler in den Mund.

»Ja und? Was ist daran so schlimm?«, fragt er kauend und starrt auf seinen Teller.

»Schlimm? Was bist du nur für ein Mensch, Georg. Das Foto könnte weiter Aufschluss geben. Bitte versuch, dich zu erinnern. Erzähl mir, was an diesem Abend war.« Sie tippt energisch mit dem Finger auf das Bild, das noch immer auf dem Tisch zwischen der Butterdose und dem Brotmesser liegt.

Der Georg hebt den Kopf, schaut sie aus seinen stahlblauen Augen mitleidig an, und die Maria hat immer wieder den Eindruck, dass er sie einfach nicht richtig ernst nimmt. Er stöhnt leise, scheint zu überlegen. Zu rekapitulieren.

Er nimmt das Bild in seine rechte Hand. »Wir haben anfangs hauptsächlich über Dinge gesprochen, die den

Schützenverein betroffen haben. Und über Weiber, na ja …« Er grinst lustvoll. »Und über sonst was … Was weiß *ich* denn? Ist ja schon so lange her! Später sind ein paar von den Mitgliedern vom Verein heimgegangen, und wir Restlichen haben dann noch Karten gespielt. Aber das war ein Scheißspiel.« Er feuert das Foto in die Ecke.

»Wieso?«, fragt die Maria, als der Georg nicht mehr weiterspricht. Sie bückt sich und hebt das Bild auf.

Der Georg scheint wieder nachzudenken.

»Da hat's dann plötzlich Sticheleien zwischen dem Franz und dem Sepp und diesem Österreicher, der mit uns gespielt hat, gegeben. Der Sepp hat dem dauernd unterstellt, er tät schummeln. War ein Scheißspiel, ja. Aber ich sag ja, mit Ausländern spielt man ned bayerische Karten. Ich hab erst versucht zu vermitteln, aber irgendwann ist mir das auch zu blöd geworden. Ich bin dann gegangen.«

Der Georg schaufelt weiter Emmentaler in sich rein und merkt gar nicht, dass die Maria schon aus dem Zimmer ist.

G'wamperter Fresssack, denkt sie noch, während sie die Stufen zum Schlafzimmer hinaufsteigt.

Sie schließt leise die Tür und setzt sich auf ihr Bett. Mit versteinerter Miene hält sie das Foto, das fünf Männer an einem Tisch zeigt, in ihrer Hand. Sie dreht es um und hält es unter die Nachttischlampe. Auf der Rückseite liest sie noch einmal das handschriftlich und etwas unleserlich daraufgekritzelte Datum: »25. April 1989«. Sie versucht zu kombinieren. Zusammenzureimen, was zusammenpassen könnte. Es war also auch einer aus Österreich dabei, der aber nicht auf dem Foto mit drauf ist. Sie lässt das Bild nach einiger Zeit in ihrer Nachttischschublade verschwinden. Darin liegt auch ein kürzlich erschienener Zeitungsartikel über den Skelettfund, den die Maria ausgeschnitten hat. Erschöpft legt sie sich nieder und dreht das Licht ab. Doch trotz Müdigkeit findet sie lang keinen Schlaf. Zu sehr kreisen ihre Gedanken immer wieder um das Foto.

Irgendwann hört die Maria den Georg heraufkommen. Er macht kaum Geräusche. Legt sich neben sie. Sie tut, als würde sie schlafen. Sie hofft, dass er sie dieses Mal in Ruhe lässt. Dieses Mal und überhaupt – jedes weitere Mal.

Nein, es würde kein weiteres Mal mehr mit ihm geben. Nicht, nachdem er ihre Freundin angegrapscht hat. Da ist sie sicher. Sie wird sich von ihm trennen. Demnächst. Oder irgendwann. Dieser bohrende Gedanke ist schon seit einigen Monaten in ihrem Kopf, und der letzte Vorfall hat es ihr wieder bestätigt. Der Georg mit seinen Stielaugen. Der und seine Hormone. Typisch Mann um die fünfzig. Muss sich ständig beweisen, dass er noch kann. Dass der Ofen noch nicht aus ist. Aber außer einer nassen Zeitung zerreißt der ja eh nix mehr. Oder ist's bei ihm am End die Midlife-Crisis? Nein, keine Entschuldigung. Da gibt es keine Kompromisse. Kein Verzeihen. Schluss, aus, amen. Auch wenn's hart ist. Auch wenn's wehtut. Lieber ein Ende mit Schrecken als ein Schrecken ohne Ende. Außerdem: Braucht man mit fast neunundvierzig Jahren noch ständig einen Mann um sich rum? Ab und zu einer fürs Bett würde ja reichen, und man könnte sich den restlichen Ärger sparen. Die Maria seufzt und dreht sich leise auf die andere Seite. Sie hört ihn tief und gleichmäßig atmen. Er schläft. Jetzt hat sie nichts mehr zu befürchten.

***

25. April 1989
Kurz nach halb ein Uhr nachts am Ortsrand von Wörth

»*Quid pro quo*«, hallte es noch in seinen Ohren. Der Pfarrer ging zügig weiter. Es war nass und kalt hier, und er wollte diesen unheilvollen Ort schnell hinter sich lassen. Plötzlich sah er in einiger Entfernung schemenhaft eine Gestalt aus dem Gebüsch huschen. Er kniff die Augen zu. Konnte er erkennen, wer es war? Es hätte ein Weibsbild sein können, der Figur nach. Die Gestalt ging im Laufschritt. Er drückte sich an den Rand des Gebüschs. Er wollte nicht gesehen werden, falls sie sich umdrehte. Aber er hatte ja noch den Schutz der Dunkelheit. Und so plötzlich, wie die Person aufgetaucht war, war sie bald darauf wieder im aufkommenden Nebel verschwunden. Doch der Pfarrer wollte keinen Gedanken mehr daran verschwenden und ging schnell die letzten paar Meter nach Hause.

»*Quid pro quo*«, hämmerte es wieder in seinem Kopf, als er beim Pfarrhaus ankam und den Schlüssel ins Türschloss steckte.

Es hat alles seine Zeit und alles Tun
unter dem Himmel seine Stunde.
Prediger 3,1

11

Am nächsten Morgen steht die Maria zeitig auf. Sie will zum Gustl. Wegen dem Bild. Aber zuerst einmal geht sie ins Bad. Sie sperrt die Tür hinter sich zu und zieht den zusammengefalteten, zerknitterten Zeitungsausschnitt aus der Tasche ihres Bademantels. Sie streicht ihn glatt. Dann liest sie ihn noch einmal. Akribisch genau, Zeile für Zeile.

Der Artikel war bald nach dem Skelettfund nahe der Donau im Naturschutzgebiet in der örtlichen Tagespresse erschienen. Auf einer Viertelseite wird ausführlich darüber berichtet. Ein Bild ist auch dabei, auf dem man sieht, wie Leute von der Spurensicherung die Knochenteile freilegen. Dass der Tote aus Linz in Oberösterreich stammen soll, steht da, und dass er seit Ende April 1989 als vermisst gilt. Ebenso wird in dem Text erwähnt, dass die Polizei das vor einer Woche geborgene Autowrack ihm zuordnen konnte. Es handle sich bei diesem Fall sehr wahrscheinlich um ein Verbrechen. Laut einem Polizeisprecher laufen die Ermittlungen bereits auf Hochtouren, heißt es abschließend in dem Bericht.

Die Maria faltet den Zeitungsausschnitt wieder zusammen. Nach knapp zwanzig Minuten ist sie mit der Morgentoilette fertig und schiebt den Zeitungsausschnitt in ihre Hosentasche. Dann macht sie sich auf zum Gustl. Das Foto von der Schützenvereinsfeier hat sie mitgenommen.

Als sie an die Bürotür ihres Bruders klopft, macht der gerade Brotzeit und verschluckt sich gleich heftig.

»Herein«, hustet er und räuspert sich krampfhaft den Schlund frei. Die Morgensonne scheint durch die zwei nebeneinanderliegenden hellen Holzfenster und blendet ihn. Behäbig zieht er sich hoch, die Hände auf den Schreibtisch gestützt. Dann geht er betont langsam zum Fenster und zieht bedächtig den grün gemusterten Vorhang zu. Es scheint, als wäre ihm jeder Schritt zu viel. Der Maria bleibt nicht verborgen, dass der Gustl derzeit einiges zu viel auf den Rippen hat, und sie erinnert sich, dass er als Kind schon gutem Essen nicht abgeneigt war.

»Lass dich nicht stören«, sagt sie mit beinahe schlechtem Gewissen, als sie registriert, dass er schon wieder genervt dreinschaut.

»Was gibt's?« Er führt seine Teetasse zum Mund. Schlürfend nimmt er einen Schluck. »Verdammt, is der heiß«, entkommt's ihm wütend, und am liebsten hätte er das Getränk gleich wieder ausgespuckt. Aber in Anwesenheit seiner Schwester reißt er sich doch zusammen und schluckt den heißen Pfefferminztee mit schmerzverzerrtem Gesicht hinunter. Die Maria fragt ihn, seit wann genau der Mann aus Linz vermisst würde.

Der Gustl schaut über den Rand seiner Brille hinweg, die sich eng an seinen schweinskopfartigen Schädel presst: »Hm, ja. Schon sehr lange.« Er unterstreicht das Gesagte mit einem Nicken und blättert in einer Akte.

»Aber inzwischen haben wir die Aussage einer Person, die ihn am 25. April zuletzt gesehen haben will.«

»1989«, fügt er hinzu. Dann aber fragt er misstrauisch: »Warum willst denn des so genau wissen?«

»Das kommt gut hin«, erwidert die Maria atemlos und zieht hastig das alte Foto aus der Handtasche.

»Was is das?«

Sie hält es dem Gustl aufgeregt hin. »Schau dir das mal an.«

Er rückt seine Brille zurecht, wirft einen kurzen Blick drauf. »Ja und?«

»Ich glaube, da sitzt einer unserer potenziellen Mörder!«

»Hm?« Er schüttelt verständnislos den Kopf. »Das musst du mir jetzt erklären.«

Sie legt die Handtasche beiseite und schwingt ihr fülliges

Hinterteil auf seinen Schreibtisch. Mit dem Zeigefinger tippt sie auf das Bild.

»Die Zwanzig-Jahr-Feier vom Wörther Schützenverein.«

»Möglich.«

»Begreifst du denn nicht?« Sie dreht das Bild auf die Rückseite und liest betont langsam das mit Bleistift geschriebene Datum vor: »25. April 1989«.

»Ich versteh nur Bahnhof«, winkt der Gustl ab und nimmt noch einmal einen Schluck aus seiner Tasse. Er schüttelt sich. Der Pfefferminzbeutel hängt jetzt schon doppelt so lang drin wie nötig.

Die Maria dreht das Bild in ihrer Hand.

»Herrschaftszeiten! Gustl, nun sei doch nicht so begriffsstutzig.«

Der Gustl wirft daraufhin noch mal einen kurzen, gequälten Blick darauf.

»Wer sind'n dann diese Leut?«, will er wissen.

Die Maria klärt ihn auf. Nennt minutiös den Namen jedes Einzelnen. Wie es ihr der Georg gestern Abend gesagt hat.

»Dämmert's dir jetzt?« Sie schaut ihn erwartungsvoll an.

Er schüttelt den Kopf. Da kann sie ihren Verdacht nicht länger unterdrücken. »Ich glaub, der Sepp könnt's gewesen sein.« Dabei deutet sie auf die Person, die auf dem Bild links vom Georg sitzt.

»Der Sepp? – Du meinst doch nicht etwa unseren Bürgermeister? Sag einmal, bist jetzt vollkommen narrisch g'worden?«

Enttäuscht stopft die Maria das Bild wieder in die Tasche. Gustl schnappt nach Luft und dreht sich um. Das muss er nun erst einmal verdauen. Das ist schon eine heftige Anschuldigung! Als er sich wieder zu Maria dreht, ist seine Stirn feucht. Seine hängenden Wangen sind noch etwas röter als vorher. Das kommt vom hohen Blutdruck, aber der Gustl macht ja nix dagegen. Die Maria hat ihm schon hundertmal gesagt, dass er noch mal zum Doktor gehen soll. Aber er tut's halt nicht. Braucht sich nicht wundern, wenn's ihm einmal den Schädel zerreißt.

Gustl setzt sich wieder hin. Der kunstlederne Bürosessel pfeift, als unter seinem Gewicht die Luft aus der Sitzpolsterung entweicht. Die Maria kann sich bei dem Anblick ein Schmunzeln nicht verkneifen. Er aber findet das überhaupt nicht komisch und schaut wie eine »Zwiderwurzn«.

Er ächzt und verschränkt die Arme vor seinem Wanst.

»Madl, was du da behauptest, ist ungeheuerlich. Wir haben keinen Beweis. Keinen einzigen. Gewesen sein kann's theoretisch jeder. Sogar einer, der gar nicht im Wirtshaus war an dem besagten Abend, verstehst du? Und überhaupt – wie kommst denn um Himmels willen auf den Sepp?«

Sie verzieht zynisch den Mund und erklärt dem Gustl: »Der Georg hat nämlich auch noch erwähnt, dass es später am Abend noch eine Auseinandersetzung zwischen dem Sepp und einem Österreicher gegeben hätte, der mit ihnen Karten gespielt hat. Weil der angeblich beschissen hätt beim Spielen …«

Dann erzählt sie ihm noch, dass sie bei der Tante Minna war und was die in ihren Karten gelesen hat. »Einen ›Großkopferten‹ hat sie gesehen und einen, der sich die Augen zuhält. Also bedeutet das doch, dass es einer gewesen sein muss, der in der Öffentlichkeit steht, also ein ›Großkopferter‹, und einer, der ihn deckt. Und noch einen Dritten hat sie gesehen. Gustl, ich sag dir, da ist was im Busch … Des spür ich.«

Der Gustl schaut nachdenklich. Das schmeckt ihm jetzt irgendwie gar nicht. Er hat sich aber sogleich wieder im Griff und meint lakonisch: »Auf des Gered von unserer g'spinnerten alten Tante geb ich erstens gar nix und zweitens: Ein Streit bedeutet noch lange keinen Mord. Aber warum steigerst'n *du* dich überhaupt so rein in die G'schicht? Hast am End selber was zu tun damit?«

Als er ihr empörtes Gesicht sieht, beruhigt er sie gleich wieder. »War ja nur ein Spaß …«

»Das ist kein Spaß«, faucht sie. »Schließlich haben die Sofie und ich das Skelett gefunden.«

Plötzlich greift sich der Gustl ans Herz und kriegt kaum noch Luft.

»Gustl, mein Gott, was ist mit dir?«, ruft die Maria aufgeregt.

»Meine Tabletten«, krächzt er und reißt schnell die oberste Schublade von seinem Schreibtisch auf. Das Ganze muss ihn doch ziemlich aufgeregt haben. Mit zitternder Hand holt er die kleine silberne Schatulle heraus und wirft zwei weiße Pillen ein. Ohne Wasser.

Die Maria steht neben ihm und ist ganz steif und blass. Nach einer Weile geht es ihm wieder besser, und er sagt betont gelassen: »Meine Liebe, überlass das Ganze doch einfach der Polizei …« Dann macht er eine Handbewegung zur Tür hin. »Und jetzt gehst heim und kümmerst dich um deine Freundin, ja? Tu mir den Gefallen.«

»Du glaubst mir nicht?«

»Wir werden der Sache nachgehen«, verspricht er. Doch sein Blick verrät Zweifel.

Wo diese schweigen,
werden die Steine schreien!
Lukas 19,40

12

Während die Maria also gerade beim Gustl ist und erfolglos versucht, ihm anhand des Fotos ihren Verdacht näherzubringen, sitze ich auf dem Bett und lese meinen neuesten Roman: »Tagebuch einer Wahrsagerin«. Im Hintergrund hör ich die Kirchglocken läuten. Das hat etwas Beruhigendes an sich. Ich steh auf, geh zum Fenster und öffne es. Beuge meinen Oberkörper hinaus und lausche den dumpfen Tönen. Von meiner Bleibe aus hat man einen wunderbaren Blick auf das Tal und den Kirchturm. Die Pension heißt schließlich auch »Talblick«. Kurz darauf werde ich durch lautes Klopfen an der Tür aus meinen Gedanken gerissen. Die Maria ist's. Sie bumpert wie wild, da ich nicht sofort springe. Ich dreh den Schlüssel, der im Schloss steckt, um und öffne. Seit dem Zwischenfall mit dem Georg sperr ich nämlich immer meine Tür ab. Atemlos stürzt sie herein.

»Auch wenn du mich jetzt für verrückt hältst, Sofie«, beginnt sie atemlos zu erzählen, »ich glaube an diese arme Seele, von der die Minna uns erzählt hat. Du weißt schon, die … also die bei uns im Wirtshaus herumgeistern soll. Und weißt du was? Ich glaub auch, es ist die von diesem vermissten Linzer. *Und* ich vermute, der Sepp hat ihn um'bracht!«, fügt sie im Brustton der Überzeugung hinzu.

»Was sagst du da? Du sprichst von dem Skelett, das wir gefunden haben?« Sofort bin ich hellhörig. »Aber wie kommst du denn da drauf?«

Die Maria will sich zur Beruhigung gleich eine Zigarette anzünden, doch ich wehr energisch ab.

»Weg damit. Nichtraucherzimmer.« Mein Zeigefinger deutet mahnend auf das Papperl an der Wand mit der durchgestrichenen Zigarette. Nun bin ich aber baff. So viel Aberglauben hätte ich ihr wirklich nicht zugetraut. »Ach Quatsch. Du nimmst das doch nicht alles für bare Münze, was deine Tante da erzählt hat, oder?«

»Und wenn schon. Möglich ist es.« Sie verzieht beleidigt den Mund und dreht sich um.

»Maria, sei mir bitte nicht bös', aber ich kann das alles nicht so recht glauben.«

»Ich war gerade beim Gustl«, prustet sie.

»Ja, und?« Ich versteh noch immer nicht.

Sie erzählt mir daraufhin, dass sie ihm das Bild von der Vereinsfeier gezeigt hat und dass sich der Georg erinnert hätte, dass sich damals am späteren Abend ein weiterer Mann, einer, der aus Österreich stammte, zu ihnen gesellt hätte. Dass es beim anschließenden Kartenspiel Hageleien gegeben hätte und dass es dem Georg irgendwann zu blöd geworden sei und er dann heimgegangen wäre. Ich hör ihr aufmerksam zu. Als ich aber leise Kritik an ihrem schwachen Verdacht äußere, spielt sie sofort die Beleidigte und läuft türenschlagend aus dem Zimmer.

Ich rufe ihr noch nach, aber sie ist schon weg. Ich überlege, ob nicht *ich* jetzt beleidigt sein sollte. Eigenartiges Frauenzimmer. Sie hat zwar nur den Volksschulabschluss, aber eine Phantasie – nein, eine Kombinationsgabe hat sie, das muss man ihr lassen. Sie hätte besser auch zur Polizei gehen sollen. Wie ihr Bruder. Dann wär sie zumindest finanziell nicht auf den Georg angewiesen. Aber was sie da gerade behauptet hat … Ich will's lieber gar nicht erst zu Ende denken. Stattdessen lass ich mich auf mein Bett plumpsen. In meinem Kopf beginnt es nun zu arbeiten, und die Gedanken nehmen unweigerlich ihren Lauf: Was wäre das für ein Wahnsinn, wenn es tatsächlich stimmen würde? Aber kann es überhaupt stimmen? Was wäre das für eine Gerechtigkeit? Wir hätten das Opfer, wir hätten den Täter. Doch der läuft frei herum, und keinen stört's. Wer könnte noch von der Sache wissen? Halten die womöglich alle zusammen? Eine Verschwörung? Welchen Grund gäbe es dafür? Erpressung? Erpresst hier einer den anderen? Au wei, jetzt raucht mein Kopf aber. Bin ich nun auch schon verrückt? Habe ich mich am Ende in den gleichen Wahn ziehen lassen wie die Maria? Ich brauche frische Luft – sofort. Ich halt das nicht mehr aus. Schlecht ist mir auch.

Ich schlüpf in meine alten Turnschuhe und zieh mir die blaue Strickjacke über. Ich werde spazieren gehen. Ich muss wieder einen klaren Kopf kriegen.

Nach zwanzig Minuten bin ich am Waldrand angelangt. Spinnweben bedecken die vertrockneten Reste der Blätter, die noch vom Herbst am Boden liegen. Dazwischen Traktorspuren, die tiefe Furchen ins Erdreich gegraben haben. Ein paar Pferdeäpfel und Hufspuren zeugen von einem Ritt durch den Wald. Jetzt geht's mir schon besser. Trotzdem kommen mir Zweifel an der Richtigkeit, hierher in meinen Heimatort zurückgekehrt zu sein.

In der Nähe hör ich einen Specht. Ich bleibe stehen und lausche seinem gleichmäßigen Klopfen. Mein Blick wandert von einem Baum zum anderen. Hohe, mächtige Bäume. Ein Mischwald. Ein Teil der Baumwurzeln liegt oberirdisch. Sie erinnern mich ein bisserl an Krähen- oder Hühnerfüße. Nur dicker sind sie. Die Wurzeln sind mit dichtem Moos bewachsen. Ich bin geneigt, den festgetretenen Schotterweg zu verlassen. Mich ins Unterholz zu schlagen, um nachzusehen, ob es schon Schwammerl gibt. Dann ist's mir aber doch zu gefährlich, denn man weiß ja nie, was einen im Dickicht erwartet. Vor Jahren bin ich einmal von einem Hund angefallen worden, als ich nach Pilzen gesucht habe. Der Köter hat mich scheinbar vom Weg aus gewittert und kam direkt auf mich zu. Hab mich nur mit letzter Kraft von ihm befreien können.

Als ich nach zwei Stunden wieder in meiner Bleibe bin, dauert es keine Viertelstunde, und die Maria steht vor der Tür. Vielleicht hätte ich meine Unterkunft ja doch etwas weiter von ihrem Haus entfernt suchen sollen? Ach was, sie ist meine Freundin, und ich werde immer ein offenes Ohr für sie haben. Bin gespannt, was sie jetzt wieder will.

Sie stürmt herein und redet aufgeregt los: »Ich hab noch mal überlegt, Sofie. Und ich sage dir: *Die* haben den kaltgemacht und vergraben. Und sein Auto haben sie in der Donau versenkt.«

Ich schau sie mit großen Augen an.

»Langsam, langsam. Wen meinst du mit *die*? Wer sind *die*?«

Hektisch zerrt sie das Foto, das sie noch immer in der Handtasche hat, heraus und schleudert es auf den Schreibtisch. Dann holt sie sich zur Beruhigung, weil sie ja hier drinnen nicht rauchen darf, ein Kaugummipackerl aus der Jackentasche. Nervös zieht sie einen Streifen heraus und hält mir die Packung hin. Dankend nehme ich auch einen. Etwas zögernd greife ich nun mit der Hand nach dem Foto, das die Maria so lieblos auf den Tisch geschleudert hat, und sehe es mir genauer an. Ich drehe es um. Mühsam kann ich auf der Rückseite ein mit Bleistift gekritzeltes Datum entziffern.

»25. April 1989«, murmel ich gedehnt.

»Ich glaube, *er* war's.« Die Maria deutet mit dem Finger von der anderen Seite her auf den Bürgermeister. »Und womöglich war noch einer dabei …«

Ich wende das Bild wieder und erkenn ihn natürlich gleich, den Sepp. Auch wenn das Bild schon älter ist. Was für schreckliche Frisuren die damals gehabt haben. Grauenvoll, wie die Leute so rumgelaufen sind. Aber den Bürgermeister hätt ich auch ohne grauenvolle Frisur erkannt. So ein Gfrieß ändert sich halt so schnell nicht. Dennoch habe ich Zweifel.

»Hör auf, Maria, bitte. Das ist wirklich ungeheuerlich. Das ist reine Spekulation. Du reimst dir da etwas zusammen.« Mehr fällt mir in diesem Moment nicht ein. So viel Absurdität auf einmal krieg auch ich nicht in den Kopf.

»Wir brauchen Beweise, Maria. *Beweise*«, versuch ich verzweifelt, an ihre Vernunft zu appellieren.

»Beweise, Beweise …«, äfft sie mich wütend nach. »Du glaubst mir nicht, gell?« Sie ist auf einmal ganz außer sich und schreit: »Du glaubst, ich bin verrückt, ja?«

»Maria, bitte. Beruhige dich. Natürlich glaube ich dir, aber so kommen wir nicht weiter. Man kann nicht einfach jemanden verdächtigen, nur weil's eine Wahrsagerin schemenhaft angedeutet hat. Die Indizien würden vielleicht passen, aber solange wir keinen Zeugen, ich meine, keine Zeugenaussage haben …« Ich bin erschüttert, weiß nicht mehr, was ich denken soll. Beruhigend, aber etwas hilflos lege ich ihr freundschaftlich meine Hand auf die Schulter.

Doch sie reißt sich los, dreht sich um und rennt schmollend aus dem Zimmer. Typisch Maria. Sie kann einfach keine Kritik vertragen. Genau wie früher, als wir noch Kinder waren. Da war's auch schon so. Wenn ich ihr gesagt hab, dass ich ihren grellrosa Lippenstift nicht gut finde, hat sie mir das noch tagelang nachgetragen. Nun ist sie wahrscheinlich enttäuscht von mir, weil ich das Ganze realistischer sehe. Ist mir aber auch egal. Soll sie beleidigt sein. Die Maria hat sich dann auch tatsächlich drei Tage nicht blicken lassen. Das will schon was heißen.

Ich aber hab einstweilen die Zeit genutzt und bin am übernächsten Tag nachmittags gegen halb vier hinunter zur Donau. Hab dort ein unberührtes Fleckerl abseits der Zivilisation gefunden und mich auf dem Kiesstrand niedergelassen. Ich spiel mit den Steinen. Werfe ab und zu einen scharf über die Wasseroberfläche und hoffe, dass er hüpft. Das haben wir als Kinder immer gemacht, wenn wir an irgendeinem Wasser waren. Ja, hier hab ich meine Ruhe. Kein Auto, kein Radfahrer und auch kein Hundsgebell. Nur den Wind hör ich, wie er die knorrigen Äste der alten Pappel hinter mir knarzen lässt. Dieses gleichmäßige, wetzende Geräusch macht mich richtig müde. Dass es solche Platzerl noch gibt!

Ab und zu kommt ein Fisch an die Oberfläche. Ich beobachte, was die Donau so mit sich trägt. Wenn man eine Zeit lang zuschaut, sieht man erst, was da alles stromabwärts schwimmt. Wir schwimmen ja gewissermaßen auch mit dem Strom. Zumindest die meisten von uns. Ich schau dem Fließen des Wassers zu und komm ins Grübeln. Ich denke darüber nach, was die Maria mir vor ihrem beleidigten Verschwinden von dem Gespräch mit ihrem Bruder erzählt hat. Der Gustl, ja, der ist auch so ein Fall. Den kenn ich fast schon so lange wie die Maria. Der ist schon immer ein komischer Kauz gewesen. Maulfaul und nicht gerade die Freundlichkeit in Person. Ein typischer Grantler halt. Er hat alles, aber zufrieden ist er trotzdem nicht. Er glaubt der Maria ihre Vermutung nicht, aber ich zweifle ja auch daran. Doch ich frage mich, warum nimmt er die Aussage von der Maria überhaupt nicht ernst? Will er die Sache herunterspielen? Oder blockiert er gar? Wenn ja, warum? Könnte er ein Interesse daran haben, dass … dass die Aufklärung des Falles nicht in die Gänge kommt? Zumindest stimmen ja zwei Dinge mit den Aussagen überein: dass der Mann an jenem 25. April das letzte Mal gesehen wurde und dass er mit dem Sepp, dem Georg und noch ein paar Leuten im »Donauwirt« Karten gespielt hat. Mein Kopf brummt. Doch ich finde keine vernünftigen Antworten auf meine Fragen. Aber darf ich überhaupt Zweifel haben? Zweifel an der Integrität eines »Bullen«? Pardon, eines Polizeibeamten. Die Polizei – dein Freund und Helfer.

Ich stehe auf. Werde jetzt zurückgehen. Mein Hintern hat eine breite Mulde auf dem Kiesstrand hinterlassen. Das ist der Beweis, wie fett er tatsächlich ist. Auch wenn mir die Maria immer das Gegenteil einreden will. Aber jetzt Schluss mit dem Gefasel. Ich knöpf meine Jacke zu. Es ist frisch geworden. Ist ja auch schon kurz vor sechs. Ich hab noch eine knappe halbe Stunde zu gehen, bis ich wieder in der Pension bin. Aber ich mach lieber einen Bogen um das Gebiet, wo das Skelett gelegen hat. Ob die den inzwischen beerdigt haben? Was Genaues weiß man ja nicht. Die Presse hält sich relativ bedeckt. Aber hätten wir nicht vielleicht sogar Anspruch auf einen Finderlohn?

Ich beschleunige meine Schritte, denn meine Hände werden allmählich kalt. Meine Füße sind's schon. Ich hab heute nämlich auf meine Strumpfhosen verzichtet. Im Mai noch eine Strumpfhose anziehen – ich bin doch kein altes Weib. Doch der Sommer lässt sich Zeit in diesem Jahr.

Jetzt hab ich's fast geschafft. Noch knapp zehn Minuten, dann bin ich in meiner Unterkunft. Sollte ich vielleicht die Abkürzung nehmen? So müsst ich nämlich nur auf dem schmalen Schotterweg am Altenheim vorbei und über die kleine Brücke da vorn, die übern Hungersbach führt. Ach was, ich spring einfach gleich über den Hungersbach. So breit ist er ja nicht. Dann geht's noch schneller.

»Heilige Scheiße.« Der Bach ist wohl doch breiter, als meine Beine lang sind, und ich steh nun bis zu den Knien drin. »Verdammt, das Wasser ist aber kalt.« Wie peinlich, wenn das jetzt einer sehen tät. Zum Beispiel die Kramerin. Die könnt sich dann wieder's Maul drüber zerreißen.

»He, Sie!«

Wer ruft mir da? Ich dreh mich um, während ich mit einem großen Schritt ans andere Ufer des Baches wate.

»Des war jetzt ein Bild für die Götter«, hör ich hinter mir die besorgt-belustigte Stimme eines alten Mannes. Er steht hinter einem Gartenzaun, der auf dieser Seite an den Bach grenzt. Ich schau ihn an. Kenn ich den? Weiß nicht. Doch, er kommt mir irgendwie bekannt vor.

»Für mich war's nicht lustig«, entgegne ich barsch und halt mich an einem der rostigen Pfeiler des windschiefen Maschendrahtzaunes fest, während ich meine Schuhe und

Strümpfe ausziehe und das Wasser rauslaufen lass. So ein Mist. Meine Handtasche ist auch nass geworden.

»Wem g'hörst nachher du?«, fragt der Mann ganz ungeniert.

Wie der mit mir redet. Wie mit einem Kind. Ist wohl nicht mehr ganz dicht, der Alte.

»Mir selber«, antworte ich entsprechend genervt.

Er hat es aber anscheinend nicht gehört oder nicht kapiert. Er öffnet nämlich postwendend das Gartentürl und bittet mich rein in seinen Garten. Ich schau mich kurz um, während ich meine nassen Hosenbeine bis zum Knie hochkremple. Ein riesiger Garten. Mit alten Obstbäumen. Die Apfelbäume, an denen ich vorbeigehe, stehen schon in der Blüte.

»Komm.« Er bedeutet mir, mit zu seinem Haus zu gehen.

Ich überleg kurz: Nein, aus *dem* Alter ist der raus. Da brauch ich keine Angst zu haben, dass der mir was macht. Ich hatsche also beruhigt und barfüßig hinter ihm her. Vor dem Hauseingang steht eine blaue hölzerne Bank. Der Lack ist ziemlich abgeblättert. Aber das nennt man ja heutzutage einfach »Patina«.

»Geh weider, hock dich her da. Ich bring dir ein Handtuch.« Er verschwindet im Haus.

Wieso sitze ich eigentlich hier?, frag ich mich, während der Alte im Haus ist. Nach einigen Minuten steht er wieder vor mir und streckt mir die Hand hin. Ich nehm ihm das Handtuch dankend ab. Seine Hand hält er mir aber immer noch entgegen.

»I bin der Xaver. Der Huber Xaver«, stellt er sich erstmalig vor. »Und mit wem hab *ich* die Ehr?« Er grinst breit, und ich seh, dass ihm vorne unten zwei Zähne fehlen. Anhand seiner Gesichtsfalten versuche ich, in etwa sein Alter zu erraten. Mein Gefühl und meine Augen sagen mir: So um die achtzig dürft der schon sein.

»Ah, jetz woaß i, wems'd g'hörst!«, meint er, nachdem ich noch immer nicht geantwortet hab. Ein Lächeln huscht über sein Antlitz. Ich seh ihn fragend an und bin gespannt, wem ich denn nun »g'hören« soll.

»Du bist doch des Dearndl vom Birnthaler, ned wahr? Der alte Suffkopf.« Ich schlucke.

»Sieht man mir das an?«, frag ich und bin doch etwas perplex.

»Wia ausm G'sicht g'schnitt'n«, behauptet er felsenfest. Er schaut jetzt in den Himmel hinauf, als ob er dort den »Birnthaler-Suffkopf« sehen könnt.

»Der Birnthaler Willi, ja. Wo is'n nachher der? Den hab i schon a halbe Ewigkeit nimmer g'seh'n!«

Ich zucke mit den Schultern. »Ich auch nicht«, antworte ich schroff.

»Wos?«

»Ich weiß weder, wie's ihm geht, noch, ob er 's Leben überhaupt noch hat«, erklär ich ihm ganz ruhig und betont langsam. Jetzt ist er hoffentlich bedient. Was soll ich ihm auch schon groß sagen? Dass ich und der Karl damals weggegangen sind, weil's mit dem Vater nicht mehr auszuhalten war? Und überhaupt: Was hat dieser Mann mit meinem alten Herrn zum Schaffen? Neugierig frag ich also: »Wieso interessieren Sie sich eigentlich für ihn?«

Er gluckst eine Zeit lang vor sich hin, bevor er etwas über die Lippen bringt. »Mei, dei Vater und i, wir war'n halt seinerzeit Spezln, sozusagen.«

»Aha. Und? Jetzt nicht mehr?«

Er schüttelt nachdenklich den Kopf.

»Wieso?« Allmählich erwacht mein Interesse an der Sache.

»Hab'n uns halt irgendwann aus den Augen verlor'n. Wie's eben oft so geht im Leb'n … gell? Bist schon auch a fesches Madl. Und ganz der Papa …« Er schaut mich aus seinen wässrigen, beinah leblos wirkenden Augen an, und ich zweifle kurz an der Richtigkeit meiner Entscheidung, mit in seinen Garten gegangen zu sein.

»Ja, ja, der Willi. Vielleicht is der ja auch schon in die ewigen Jagdgründe eingegangen.«

»Na, des hört sich jetzt aber ned besonders ehrfurchtsvoll an!«, entgegne ich und bin über seine Ausdrucksweise etwas empört.

Der alte Mann kriegt plötzlich einen ziemlichen Hustenanfall. Dann geht's wieder. Schniefend und räuspernd erklärt er: »Ich hab's auf der Lung. Schon a ganze Zeit. Is wahrscheinlich die blöde Raucherei. Hätt damals erst gar ned anfangen sollen mit dem Schmarrn. Vor zweiundzwanzig Jahr'n, am 25. April war's, ja, ja.« Er nickt bekräftigend, und sein Gesichtsausdruck wirkt wie versteinert in diesem Moment.

Ich wende meinen Blick von ihm ab und schau in den Nachbarsgarten gegenüber, weil mich irgendein Geräusch abgelenkt hat. Zwischen ein paar noch kahlen Sträuchern entdeck ich eine Gestalt. Eine ältere Frau mit grauer Dauerwellenfrisur in himmelblauem Arbeitskittel und kackbrauner Hochwasserhose steht dort. Sie sieht herüber und fixiert uns ungeniert. Zur Tarnung hat sie einen gelben Resi-Schmelz-Eimer in der Hand. Auch als sich unsere Blicke treffen, glotzt sie weiter her zu uns. Ich glotz zurück. Aug in Aug mit dem Feind. Jetzt wird's ihr anscheinend doch peinlich, und sie dreht mir den Rücken zu. Langsam und behäbig schlürft sie mit ihren nylonbestrumpften Füßen, die in abgetragenen Gesundheitsschuhen stecken, davon.

Ich versuch, auf meinen Gedankenstrang zurückzuklettern, und lande beim letzten Satz, den der Alte gesagt hatte, bevor mich der Anblick der neugierigen Nachbarin abgelenkt hat. Wann er mit dem Rauchen angefangen hätt, hat er mir als Letztes erzählt. Ich rechne zurück … Und plötzlich schrillen bei mir die Alarmglocken, mein Herz beginnt zu pochen. Ich springe mit einem Satz auf: »Haben Sie gesagt, es war der 25. April? War es der 25. April 1989?«

Der alte Mann sieht mich entgeistert an. Aber er nickt auf meine Frage hin.

»Wieso wissen S' denn den Tag noch so genau? Das ist doch schon ziemlich lange her, oder?«

Er zögert.

Ich schau ihm gebannt in die Augen und wiederhol meine Frage: »Oder?«

Er wird fahl im Gesicht, fängt wieder an zu husten, und ich merk, dass es ihm nicht gerade zu gefallen scheint, in Gedanken zu diesem Datum zurückzukehren. Er sagt aber nichts dazu. Jetzt nicht und auch nach fünf Minuten nicht. Er hockt nur wie versteinert da und guckt ein Loch in den Boden. Endlich hebt er seinen Blick und sieht mich ernst an.

»Warum ich des noch so genau weiß? Weil ich an dem Abend im ›Donauwirt‹ war.« Er seufzt. Dann sagt er nichts mehr und starrt wieder auf den gepflasterten Boden. Mehr ist aus dem jetzt nicht rauszuholen. Ich steh also auf, und ohne meine Socken schlüpf ich in die nassen Turnschuhe. Ich muss jetzt weg hier. Meine Gedanken ordnen.

»Danke fürs Handtuch und pfiat Gott, Xaver Huber.«

»Pfiat di Gott, Dearndl. Wie heißt nachher eigentlich du?«

»Sofie!«, ruf ich ihm nach kurzem Zögern noch zu, während ich eilig sein Grundstück verlasse.

Gegen halb acht bin ich wieder in meiner Pension angelangt und häng mich gleich ans Telefon. Ich muss unbedingt der Maria davon erzählen, von meiner Begegnung mit dem Xaver, mein ich.

»Maria, halt dich fest! Womöglich haben wir einen Zeugen!«, brüll ich nur wenige Minuten später in den Hörer und wundere mich gleichzeitig über mein mir bis dato verborgen gebliebenes Temperament.

Sie versteht erst nur Bahnhof. Doch allmählich krieg ich meine Aufregung in den Griff und berichte ihr nun der Reihe nach, was ich in den letzten anderthalb Stunden erlebt habe.

»Wir müssen unbedingt noch mal mit ihm reden. Vielleicht kriegen wir ja noch mehr aus dem raus.« Ihre Antwort klingt bestimmt und ihre Stimme beherrscht, doch im selben Atemzug erklärt sie mir: »Jetzt muss ich aber gleich los, Sofie. Heut' Abend ist Wahl der Zuckerrüben-Königin in Straubing. Meine Nichte ist dabei. Magst vielleicht auch mitkommen?«

Eindeutig nein. Heute brauch ich keine Zuckerrüben und auch keine Königinnen mehr, denke ich erschöpft. Ich lehne daher dankend, aber entschlossen ab, während ich noch meine nassen Socken im Klo auf die Heizung lege.

Bei vielem Reden bleibt Sünde nicht aus,
doch wer die Lippen zügelt, handelt verständig.
Salomo 10,19

13

Donnerstag, 19. Mai, gegen sieben Uhr morgens

Das plötzlich einsetzende Geheul der Sirene im Ort holt mich unsanft aus dem Bett. Brennt's denn schon wieder irgendwo? Ich hab in dieser Nacht leider nicht viel geschlafen. Die Begegnung mit dem Xaver gestern hat mich doch ziemlich aufgewühlt.

Es regnet jetzt Schnürl, und die Tropfen trommeln ohne Unterbrechung an das Dachfenster. Ich steh auf, öffne es einen Spaltbreit und hör die Vögel pfeifen, dem Scheißwetter zum Trotz. Recht haben sie! Ich strecke mich und atme die frische Luft ein. Da klingelt mein Handy. Wer will denn um diese Zeit schon was von mir? Ich schau aufs Display. Aha, die Maria ist's. Hätte ich mir ja denken können. Sie ist völlig aufgelöst, und ihre Stimme überschlägt sich fast, während sie gleich loslegt:

»Also, das ist wirklich der Gipfel an Dreistigkeit, Sofie! Bin ich gestern Abend noch mal vom Wirtshaus weg und wollte heim, weil ich das Handy aufm Nachttisch vergessen hatte. Und was seh ich? Ein fremdes Weiberleit. In meinem Bett. Mit ihm!«

»Du meinst den Georg?«, frag ich nach ein paar Sekunden des Schweigens vorsichtshalber. Aber auch, weil mir nichts Besseres einfällt, um unsere Funkstille zu beenden.

»Ja freilich, wen denn sonst?«, keift sie.

»Und es ist auch noch seine Ex! Die Quadrat-Schlamp'n, die Greißliche!« Dann fängt sie an zu heulen. Als sie sich wieder im Griff hat, erklärt sie mir: »Also, so geht das nicht mehr weiter. Jetzt ist Schluss. Endgültig. Ich ziehe aus.«

Ich versuch erst mal, sie etwas zu beruhigen, bevor sie noch ganz ausflippt und sich womöglich was antut.

»Maria. Ich mein, ich versteh dich ja. Aber willst's dir

nicht noch mal überlegen? Denk an euer Wirtshaus. Mich geht's ja nix an, aber von was willst denn leben?«

Wieder Funkstille.

»Nein!«, brüllt sie plötzlich in den Hörer, dass ich mir geistesgegenwärtig mein Handy vom Ohr wegreiße. Ich seufze.

»Okay. Vielleicht ist es wirklich das Beste, ihr geht auseinander.«

»Ich find mir schon eine Arbeit«, meint sie überzeugt. »Ich werd's ihm heute Abend noch sagen. Bis später!«

»Ja. Bis später.« Ich schalte mein Handy ab und schüttele den Kopf. Arme Maria. Sie kann einem wirklich leidtun. Hat irgendwie kein Glück mit den Männern. Aber der Georg ist schon auch so einer. Der hat so was Gewisses. Das gewisse Etwas nennt man das. Dieses Etwas kann aber für jeden etwas anderes bedeuten. Für mich ist er jedenfalls samt seinem Ranzen ein »Frauentyp« und dem Flirten offensichtlich nicht abgeneigt.

***

25. April 1989
Zehn Minuten nach Mitternacht am Ortsrand von Wörth

Eine Person kauerte am Boden, versteckt hinter einem Baum am Rande des Dickichts. Weiter vorn beobachtete sie zwei männliche Gestalten, die in gebückter Haltung etwas ins Gebüsch zerrten. Es sah fast aus wie ein menschlicher Körper. Die Person hatte Herzklopfen, traute sich kaum zu atmen vor Aufregung. Minutenlang verharrte sie in dieser Position. Sie durfte sich nicht bewegen. Sie vermutete, dass hier ein Verbrechen begangen wurde und das Opfer beiseitegeschafft werden sollte. Nervös kaute sie an ihren Fingernägeln. Regentropfen liefen ihr über die Stirn in die Augen. Sie blinzelte. Ruhe bewahren!, kreiste es wie eine Endlosschleife in ihrem Kopf. Mit jedem Atemzug stieg der feuchte, erdige Geruch in ihre Nase. Sie knöpfte ihre Jacke zu, die schon klamm von der nasskalten Luft war. Die Person wusste, dass sie ihr Versteck noch nicht verlassen konnte. Sie musste warten, bis die Luft rein war. Sie passte einen günstigen Augenblick ab, dann schlich sie auf den Weg hinaus und lief mit schnellen Schritten weg.

Denn wer das Schwert nimmt,
soll durchs Schwert umkommen.
Matthäus 26,52

14

Freitag, 20. Mai, morgens gegen acht in Sofies Pension

Mein Magen knurrt. Es ist Zeit zum Frühstücken. Ich schlüpf in meine Jogginghose und zieh ein bequemes Shirt über. Dann steig ich die mit gemustertem Kurzflor belegte Treppe zum Frühstücksraum hinunter. Außer mir ist keiner da. Auch gut. Da hab ich freie Platzwahl. Ich hänge meine Strickjacke über einen Stuhl an einem kleinen quadratischen Tisch in der Ecke. Dann marschier ich auf das säuberlich angerichtete und appetitanregende Büfett zu und lade mir ordentlich was auf. In der Kuchl draußen hör ich eine Kaffeemaschine brodeln. Es dauert nicht lange, und die Hauswirtin kommt herein.

»Moin! Kaffee oder Tee?«, empfängt sie mich, und mit ihr ist auch der Kaffeeduft aus der brodelnden Maschine hereingezogen.

»Morgen.« Ich unterdrücke ein Gähnen. »Kaffee. Blond und süß.«

»Wia?« Sie versteht meinen Scherz anscheinend nicht.

Also noch mal. »Mit Milch und Zucker bitte.«

»Ah so …« Sie weiß nicht, ob sie über meinen Witz lachen soll oder nicht. Oder ob das überhaupt ein Witz war. Sie versucht deshalb abzulenken.

»Werden Sie länger bleiben?« Sie fragt mich das wie nebenbei, aber in hörbar eingeübtem »Hochbayerisch«, während sie mir kurz darauf eine Tasse frisch gebrühten Bohnenkaffee einschenkt.

Ich zucke mit den Schultern. Ich kann nichts sagen, da ich gerade ein großes Stück Hartwurstsemmel im Mund habe.

Sie nickt mit verständnisvollem Lächeln und geht zum Frühstücksbüfett, um es aufzufüllen. Wegen mir ist es nämlich ziemlich leer. Wahrscheinlich waren meine Augen wieder mal größer als mein Magen.

»Weiß noch nicht genau«, krächze ich, als ich endlich den Brocken hinuntergewürgt habe. Aber eigentlich sollte ich mir schon mal Gedanken machen, was ich in Zukunft tun werde. Ewig kann ich ja auch nicht hierbleiben.

Nach dem Frühstück geh ich zum Kramerladen. Ich möchte mir ein bisserl Obst kaufen. Der Laden ist gleich um die Ecke. Ich überlege, wie lang es ihn hier eigentlich schon gibt. Der war schon da, als ich noch ein Kind war. Und noch immer steht auf dem dreckig grauen Putz oberhalb der Ladentür in großen und inzwischen stark verwitterten Lettern »Kolonialwaren«. Ich drück die Klinke hinunter. Bei meinem Eintreten bimmelt eine ohrenbetäubende Glocke. Ein abgestandener Geruch schlägt mir entgegen. Hier kommt wohl nicht mehr oft jemand rein, ist mein erster Gedanke. Oder stammt der muffige Geruch von dem alten, feuchten Gebäude? In dieser Straße ist ja ein Haus an das andere angebaut.

Eine Frau, etwa Ende sechzig mit weißer Schürze und dunkler Hornbrille, erscheint. Das hier ist so ein richtiger Tante-Emma-Laden. Da wird man noch vom Chef persönlich bedient. Gleichzeitig wird man aber auch gehörig ausgefragt, wenn man nicht aufpasst.

»Gell, Fräulein? Sie wohnen jetzt schon a ganze Zeit bei der Resl«, beginnt sie ungeniert und mit derbem bayerischem Akzent. Ich guck sie verständnislos an und kram weiter in meinem Portemonnaie nach dem Geld, das sie für die Tüte Weintrauben und ein Radler haben will.

»Wer?« Ich halte ihr die Münzen abgezählt hin.

»Die Pension ›Talblick‹ mein ich.«

»Ach so. Warum? Was ist damit?« Ich schau sie argwöhnisch an.

»Is des ned a weng teuer, so auf die Dauer?«

»Ich wüsst nicht, was Sie das angeht«, antworte ich barsch.

Unbeeindruckt davon fragt sie neugierig weiter: »Sie sind auch die Freundin von der Maria, gell?« Und im selben Atemzug fügt sie hinzu: »Aber angehen tut's mich ja nix.«

»Richtig«, bekräftige ich mit einem Siegerlächeln.

»Aber wissen S' schon, was g'red't wird?«

Nun bin ich aber doch neugierig geworden und fürchte schon insgeheim, die Leute würden über mich reden.

»Was denn?«

Sie flüstert es mir hinter vorgehaltener Hand zu. Grad so, als würde sie sich schämen für das, was sie da behauptet.

»Der Bürgermeister soll ein Gspusi haben. Der hat's mit der Mayerin!« Sie macht eine kurze, geheimnisvolle Pause, dann flüstert sie weiter. »Und wennsd' mich fragst, is der ned zum ersten Mal auf'd Seiten gangen. Aber er is schon auch ein fesches Mannsbild, der Herr Bürgermeister, gell?«

Wieso duzt mich die Alte eigentlich, denk ich noch, wink dann aber gleich ab. »Ach, geh'n S'. Die Leute reden doch viel, wenn der Tag lang ist. Ich glaub nur das, was ich seh.« Ich verabschiede mich schnell und verlasse den Laden. Von so einem Getratsche halt ich nicht viel. Typisch Landbevölkerung. Und ich mag mir dieses Geschmarre nicht länger anhören. Selbst wenn's so wäre, wär's mir auch egal. Soll ich das der Maria erzählen? Aber dann wäre ich ja das gleiche Tratschweib wie die Alte im Laden.

Ich will gerade zu meiner Pension abbiegen, als mein Handy in der Tasche vibriert. Die Maria ist's schon wieder. Ich vermute, dass sie wieder über ihre Trennungspläne mit dem Georg oder ihren Auszug reden will. Aber was sie mir dann mit stockender Stimme erzählt, das nimmt mir doch den Atem …

»Bin gleich bei dir.« Ich versuche, sie erst einmal zu beruhigen.

Nach zwanzig Minuten flottem Fußmarsch komm ich etwas außer Atem beim »Donauwirt« an. Ich sehe sofort die Bescherung. Das kann man auch gar nicht übersehen. Schwarze Schmauchspuren zieren die Rückseite des Gebäudes. Direkt neben dem Hintereingang. Dort hat die grüne Papiertonne bis gestern gestanden. Was davon übrig geblieben ist? Ein zusammengeschmorter schwarzer Klumpen. Es stinkt bestialisch, und ich möchte auch gar nicht näher herangehen. Die Maria steht kreidebleich daneben. Schüttelt immer wieder den Kopf.

»Hast vielleicht etwas Brennendes hineingeworfen? Zigarettenstummel?«, frage ich sie.

Sie verneint und starrt ungläubig auf dieses undefinierbare Etwas. Die Hitze hat auch auf den Betonplatten ihre Spuren hinterlassen.

»Weiß der Georg schon Bescheid?«

Die Maria winkt kopfschüttelnd ab.

»Was weiß ich, wo der sich herumtreibt. Vielleicht wieder bei einem ander'n Weibsstück. Aber mir ist das sowieso allmählich wurscht.« Dann nimmt sie einen Zug aus ihrer eben angezündeten Zigarette.

»Brandstiftung war das, das sag ich dir«, fügt sie Rauch ausstoßend hinzu.

»Aber … wer macht denn so was? Und vor allem, warum?«, entgegne ich skeptisch.

Sie zuckt mit den Achseln und nimmt noch mal einen tiefen Zug.

»Seit gestern Abend war außer mir keiner mehr da.«

Da ist sie jedenfalls sicher. Ihr Blick schweift zu den Terrassenmöbeln, die übereinandergestapelt und mit Plastikfolie bedeckt in der Ecke stehen, weil man ja bisher noch nicht so richtig draußen sitzen konnte.

»Ich könnt mir schon vorstellen, wer so was macht.«

Ich schau sie fragend an.

»… aus Rache«, ergänzt sie. Sie sagt mir aber nicht, wen sie im Verdacht hat.

Ich weiß nicht, was sie sich jetzt wieder ausdenkt. Ihre Mimik lässt nichts Gutes vermuten. Dann meint sie:

»Könntest du für mich hier einspringen? Jetzt gleich? Ich muss weg, sofort.«

Ich nicke hektisch, bin aber verwundert.

»Kein Problem.« Hab ja sowieso nichts Besseres vor.

Heute steht zum ersten Mal Spargel auf der Karte. Das bedeutet Arbeit. Zehn Minuten später schon steh ich mit dem Erwin, dem Koch, in der Kuchl und schäle die wertvollen Stangen. So, wie man's mir beigebracht hat: von der Spitze runter zum Ende. Nie umgekehrt. Inzwischen ist's zwölf, und das Mittagsläuten beginnt. Wo sie so überaus eilig hinwollte, hat mir die Maria nicht verraten.

Doch meine Freundin weiß sehr wohl, wohin sie will. Sie ist ziemlich aufgewühlt in ihr Auto gesprungen, das auf dem Parkplatz vorm Wirtshaus stand, und ist zum Rathaus gefahren. Dort steigt sie aus und rennt hastig die Treppe hinauf, bis zum zweiten Stock. Ohne zu klopfen, reißt sie die Tür von Zimmer II auf. Darin sitzt die Vorzimmerdame vom Bürgermeister

»Wo is'n der Sepp?«, keucht sie, als sie sieht, dass die schwere Eichentür zu seinem Zimmer offen steht und sein Schreibtisch verwaist ist.

»Nicht da«, lautet die Antwort knapp und unfreundlich.

»Wie … nicht da? Wo is' er denn?«

»Urlaub«, lautet die Erklärung der Sekretärin kurz und desinteressiert. Sie wendet sich wieder ihrem Computer zu.

»Aha …«

Dann fragt sie aber trotzdem, ohne die Maria dabei anzusehen: »Um was geht es denn?«

Die Maria lässt kurz ihren Blick durch den Raum mit den feinen Wurzelholzmöbeln und dem hellen Marmorboden schweifen und ist für einen Moment verunsichert. Dann aber dreht sie sich fix um und antwortet mit der gleichen Unfreundlichkeit: »Das möcht ich mit ihm schon selber besprechen …«

Die Frau schüttelt verständnislos den Kopf, und die Maria verlässt grußlos das Zimmer.

Unten steigt sie wieder ins Auto. Durch die Windschutzscheibe sieht sie am Horizont drei sich kreuzende Silberstreifen. Ein Hauch von Fernweh überkommt sie. Sie denkt noch mal angestrengt nach. Aber es scheint ihrer Ansicht nach alles zusammenzupassen: Der Gustl muss den Sepp zur Rede gestellt haben. Logischerweise hat der alles abgestritten. Wer gibt schon einen Mord einfach so zu? Bestimmt hat er sich wieder wie ein Aal herausgewunden. Um Ausreden war der ja noch nie verlegen. Und reden kann er. Muss er ja auch als Bürgermeister. Reden können. Oder steckt der Gustl gar mit ihm unter einer Decke? Bestimmt hat der Sepp aus Rache die Papiertonne angezündet. Das war sozusagen ein Warnsignal, dass man so etwas mit einem Bürgermeister nicht macht.

Angespannt umklammert Maria ihr Lenkrad. Dann startet sie den Motor. Und spontan kommt ihr nun eine Idee: Sie weiß, wo der Sepp wohnt. Er wohnt noch im Haus seiner Eltern. Wie früher. Nur jetzt ohne seine Eltern. Dafür mit der Agnes, seiner Ehefrau. Die Eltern sind vor gut sechs Jahren gestorben. Erst er, kurz darauf sie. Da konnte wahrscheinlich einer ohne den anderen nicht leben. Er hat dann das Haus geerbt. Aber es steht nicht in der Dorfmitte, so wie der Kramerladen, sondern am südlichen Ortsrand. In der Nähe des Waldes.

Maria parkt ihren Wagen am Straßenrand. Schräg gegenüber vom Haus des Bürgermeisters. Rund um das Grundstück geht ein dunkelbrauner Jägerzaun. Es riecht beißend nach Farbe, je näher man dem Zaun kommt. Wahrscheinlich ist er frisch gestrichen. Das Gartentürl ist ausgehängt. Die Maria geht durch den Vorgarten zum Eingang. Sie steht nun vor einer biederen, aber massiven braunen Eichentür. Zweimal muss sie klingeln, ehe wer aufmacht. Dann öffnet der Bürgermeister höchstpersönlich.

»Basst«, denkt sie und legt los: »Der Gustl hat mit dir

gesprochen, gell? Ich weiß nämlich alles, und am besten gibst du's gleich zu!«

Der Sepp aber schaut nur verständnislos und legt den Finger auf den Mund. »Psst. Schrei doch nicht so rum hier. Um was geht's denn überhaupt?« Der Disput an der Haustür ist ihm sichtlich unangenehm. Vorsichtig schaut er sich nach allen Seiten um. Nicht dass ihn noch wer sieht und sich sonst was denkt. »Und was soll ich bitte zugeben?«

»Dass du die Papiertonne anzund'n hast.«

»Jetzt mach aber mal halblang! Welche Papiertonne? Und überhaupt, wieso sollt ich eine Papiertonne anzünden? Ich hab weiß Gott Besseres zu tun. Also, so einen Schmarrn hat mir auch schon lange keiner mehr erzählt.«

»Ja, tu nur recht scheinheilig. Die Tonne vorm Wirtshaus mein ich natürlich. Ich weiß schon, das war deine Rache.«

Der Sepp verzieht den Mund zu einem süßsauren Lächeln.

»Meine Rache? Für was denn?«

Eine stoische Ruhe hat der, denkt sich die Maria wütend und lässt sich dennoch nicht von ihren Verdachtsvorwürfen abbringen.

»Rache für was, willst du wissen?«, sagt sie und lacht hämisch.

»Ich glaub, du weißt ganz genau, für was du dich rächen wolltest.«

»Tut mir leid, ich hab leider keine Ahnung, von was du sprichst«, meint er, noch immer gelassen.

Die Maria stemmt die Arme in die Seite.

»Ich hab dir doch gesagt, dass ich beim Gustl war und ihm was erzählt hab …«

»Du kannst deinem Bruder so viel erzählen, wie du willst, das interessiert mich nicht.«

Nun ist die Maria doch etwas verunsichert.

»Ja, warst du das dann *nicht* mit der Tonne?«

Der Bürgermeister schüttelt genervt den Kopf. »Sag mal, für wie blöd hältst du mich eigentlich?« Selbstbewusst steht er in der Tür, die Arme verschränkt, und schaut verächtlich auf die knapp zwei Köpfe kleinere Maria herab. Auf seiner Stirn bilden sich zwei Längsfalten zwischen den Augenbrauen.

Die Maria taxiert ihn von oben bis unten. Er trägt ein kariertes, kurzärmeliges Hemd und eine ausgewaschene Jeans. Freizeitlook eines Bürgermeisters? Oder hat er damit am End noch den Zaun gestrichen? Zuzutrauen wär's ihm ja. Aber es ist schon etwas übertrieben, in so einem Outfit einen Zaun zu streichen. Da hätt er sich doch wenigstens einen Blaumann überziehen können.

Na ja, mir kann's wurscht sein, denkt sie. Für sie war er schon immer die Ausgeburt an Spießigkeit mit seinen teuren Markenanzügen und den blank polierten Schuhen. So macht man halt Karriere.

Einen Augenblick lang fixiert sie die Geranien auf dem Fensterbrett hinter dem vergitterten Klofenster. Dann meint sie zynisch: »Oh doch, Sepp. Ich bin mir sicher, dass es dich interessieren wird, was ich dem Gustl erzählt hab.«

»Was hast ihm denn so Besonderes über mich erzählt?«, will er nun doch wissen, und die Maria glaubt, in seiner Stimme ein Wackeln vernommen zu haben.

Sie lacht zynisch.

»Du bist mir ja ein ganz Abgebrühter, was?«, kommentiert sie seine Gelassenheit. »Ich weiß halt ein paar Sachen über dich. Zum Beispiel, wie du Leute entsorgst, die dir im Weg sind.«

»Wie bitte?« Der Sepp holt tief Luft. Er traut seinen Ohren nicht.

»Ja, tu ned so unschuldig. Es ist lang her, ja. Aber nicht lang genug. Das sagt auch die Tante Minna. Magst mir ned sagen, wer noch dabei war? In der einen Nacht damals, beim ›Donauwirt‹?«

»Jetzt reicht's aber, du vermaledeites Weibsstück! Du bist ja total verrückt. Das ist Rufmord, was du da treibst. Halt endlich dein ketzerisches Mundwerk«, fährt er sie an.

Doch die Maria lässt sich nicht beeindrucken.

»Warst du dann am 25. April '89 im ›Donauwirt‹ oder nicht?«

Der Sepp legt die Stirn in Falten und überlegt.

»Kann schon sein, dass ich am 25. drin war. Das weiß doch ich nicht mehr so genau nach der langen Zeit. Wir waren da oft drin und haben Karten gespielt …«

»Aber *ich* weiß es. Du warst da. Und ich kann dir auch sagen, warum. Es gibt ein Foto …«

Der Sepp fängt an zu schwitzen. Auf seiner Stirn bilden sich kleine Schweißperlen.

»An diesem Abend war die Jubiläumsfeier vom Schützenverein. Erinnerst du dich jetzt?«

Der Sepp schnappt nach Luft. »Woher weißt'n *du* das eigentlich so genau?«

»Das ist jetzt nicht wichtig. Was ich wissen will, ist: Was war danach? Nach der Feier?«

»Soll das ein Verhör sein oder was? Eine Unverschämtheit ist das. Vor dir muss ich mich schon gleich überhaupt nicht rechtfertigen. Du bist mir vielleicht eine hinterfotzige Giftspritz'n. Und jetzt schaust, dassd' von meinem Grundstück verschwind'st!« Er greift nach ihrem Arm, will sie zurückdrängen.

»Lass mich. Ich geh schon.« Sie spuckt vor ihm aus, dreht sich um und stapft wütend den gepflasterten Weg zur Straße zurück. Mit hochrotem Kopf steigt sie in ihr Auto.

»Dich krieg ich schon. Von wegen Rufmord …«, schimpft sie lautstark.

***

Das erzählt mir die Maria alles am Abend auf der hinteren Terrasse beim »Donauwirt«, wo wir ungestört sind.

»Du bist doch nicht mehr ganz dicht«, entfährt es mir,

nachdem ich mir das Ganze angehört habe. »Entschuldige, Maria, aber das geht wirklich zu weit. Du kannst doch den Sepp nicht für etwas beschuldigen, was du nicht beweisen kannst. Der kann dich sogar anzeigen wegen übler Nachrede«, erklär ich aufgebracht.

Die Maria schaut etwas pikiert drein und scheint darüber nachzudenken. Da kommt mir plötzlich die Begegnung mit dem Huber Xaver wieder in den Sinn.

»Maria, hör zu. Jetzt muss *ich* dir etwas erzählen. Vielleicht bringt uns das in unserem Fall ja weiter …« Ich berichte ihr nun noch mal ganz ausführlich von der Bekanntschaft mit dem Xaver Huber, da sie es ja bei unserem letzten Telefonat offensichtlich sehr eilig hatte, und lege ihr meine Vermutung in Bezug auf das Datum dar, an dem der alte Mann mit dem Rauchen angefangen hatte.

»Ist das nicht eigenartig? Er hat mir gesagt, dass er am 25. April vor zweiundzwanzig Jahren im ›Donauwirt‹ war. Das war 1989. Und genau an diesem Tag fängt er an zu rauchen. Er muss etwas wissen, Maria.«

»Gut, Sofie. Wir sollten ihn daher schleunigst noch einmal aufsuchen«, erklärt Maria mit energischer Stimme und kneift die Lippen zusammen.

Bevor ich geh, erzählt sie mir aber noch, dass sie jetzt ein passendes Häusel gefunden hätte. In Kleinkiefenholz. Das ist nicht weit weg von hier. Und dass es gar nicht teuer wär. Na ja, wenn's so abseits steht, wie sie sagt, ist das auch kein Wunder.

»Genau das Richtige für mich und die Hunde«, meint sie und lächelt zufrieden.

»Wann ziehst du um?«, frag ich in wehmütigem Ton und lenke meinen Blick hin zu dem verschmorten Papiertonnen-Klumpen.

»Übernächste Woche kann ich rein. Das Häusel is ganz überraschend frei geworden. Da is einer rausgestorben. Ging ganz schnell. War ein älterer Herr. Umgefallen – mausetot.«

Ich schau sie betroffen an, höre aber kein Bedauern in ihrer Stimme. Eher klingt es nach einer Erleichterung, dass da jemand »rausgestorben« ist. Meldet sich da bei mir jetzt vielleicht ein Hauch von Neid? Aber woher denn. Ich bin doch nicht neidisch darauf, dass die Maria sich freut, dass einer stirbt. Das kann nicht sein, und ich biete ihr mit belegter Stimme meine Hilfe an. Hoffentlich merkt sie nicht, dass mir das schon schwerfällt. Dass sie weggeht, mein ich, und ich hab dabei ein unangenehmes Knödelgefühl im Hals.

Ich weiß auch noch immer nicht, wie's bei mir weitergehen soll. Neue Arbeit suchen. Neuen Mann suchen. Oder umgekehrt? Nein, zuerst muss eine Arbeit her. Einen neuen Mann finde ich leichter als Ersteres. Oder? Wenn ich nämlich lang genug in den Spiegel schaue, bin ich letztendlich auch wieder einigermaßen zufrieden mit meinem Aussehen. Und froh, dass ich noch nicht fünfzig bin. Was mir Frauen über dieses Alter schon erzählt haben. Grauenvoll. Jetzt fällt mir plötzlich wieder ein, was die Kramerin heute Morgen zum Schluss noch zwischen Tür und Angel angedeutet hat: dass der Bürgermeister ein »Gspusi« haben soll. Jetzt passt es grad, und jetzt werde ich der Maria doch davon erzählen. Ich halt mich aber deshalb trotzdem nicht für ein Tratschweib.

»Da schau einer an«, lautet ihr überraschter Kommentar. »Noch an Batz'n Dreck am Steck'n. Mein lieber Scholli! Der muss es ja faustdick hinter den Ohren haben. Der Wolf im Schafspelz.«

Als ich kurze Zeit später wieder in meiner Pension bin, mach ich mir gleich das Radler auf, das ich heute Morgen noch bei der Kramerin mitgenommen hab, und esse meine Weintrauben dazu. Hoffentlich verträgt sich das. Während ich die Weintraubenkerne aus dem Fenster spuck, was man ja nicht tut, haftet mein Blick an den langweiligen, unmodernen Brokatvorhängen in meinem Zimmer, die an der noch langweiligeren steril weiß getünchten Wand wie ein kreativer Fehltritt aussehen.

***

25. April 1989
Gegen ein Uhr nachts im Pfarrhaus

Der Pfarrer nahm seinen Hut ab. Dann zog er den vom Nebel feuchten Mantel aus. Beides hängte er an den Haken in der Diele. Er rieb sich die Hände. Es war kühl im Haus in dieser Nacht. Er hatte vergessen, vor seinem Spaziergang das Küchenfenster zu schließen. Nun würde er ins Bett gehen. Er wollte nicht mehr weiter nachdenken. Er zog sein Nachtgewand über und stellte die Pantoffeln vors Bett. Doch die Gedanken ließen ihn nicht los. Wie eine Spirale drehten sie sich in seinem Kopf. Kreisten ihn ein. Wie eine Spinne, die ihr Opfer einspann, bis es tot war. Da half auch kein Beten. Was geschehen war, war geschehen. Der Wille war stark, das Fleisch schwach. Warum? Er bekam keine Antwort auf diese Frage. Auch nicht von Gott.

Warum hatte er sich nur auf so etwas eingelassen? Er hätte die Burschen damals nicht mehr zu sich nach Hause mitnehmen sollen nach diesem Ministrantenausflug. Die Buben hatten ihm halt irgendwie den Kopf verdreht. Ach was, Buben waren's ja nicht mehr. Eigentlich. Oder war einer mit vierzehn noch ein Bub? Und er hatte doch nur ein bisserl nett zu ihnen sein wollen. Nur ein kleines bisschen. Doch dann hatte er die Beherrschung verloren. Ein Pfarrer ist halt auch nur ein Mann. Hatte doch keiner gedacht, dass es so weit kommen würde … Und jetzt hatte er den Schlamassel. Diese verdammten Bilder! Wie war er nur dazu gekommen, diese Schweinereien auch noch zu fotografieren. Aber es war doch alles schon so lange her.

Genau wusste er es nicht mehr, aber wahrscheinlich war es Mitte der siebziger Jahre gewesen. Und seitdem hatte er auch nie mehr ein Bürscherl angerührt. Nie mehr. Aber die Bilder existierten. So würde das, was seinerzeit passiert war, bis in alle Ewigkeit erhalten bleiben.

Er atmete schwer. Dann zog er sich die Bettdecke bis über die Ohren. Niemand durfte diese Bilder je zu Gesicht bekommen. Es wäre sein Untergang. Hier in der Gemeinde oder sonst wo.

»Oh Gott«, seufzte er. »Wie konnte ich nur …?«

Wenn er doch nur eine Ahnung gehabt hätte, wie die Fotos in die Hände der beiden Männer geraten konnten, denen er vorhin auf dem Heimweg begegnet war. Und dann dieses zwielichtige Weibsstück im Nebel, wenn's denn ein Weibsstück gewesen war, das ihn womöglich auch gesehen hatte. Es lief ihm eiskalt den Buckel hinunter, und lange fand er keinen Schlaf. Stundenlang wälzte er sich von einer Seite auf die andere.

Wahrscheinlich waren ihm ein, zwei Bilder aus der Tasche gefallen, damals in der Sakristei. Vielleicht hatte ja auch einer von den Ministranten sie geklaut. Es waren ja insgesamt nicht viele Bilder, die er mit der Polaroid gemacht hatte. Vier oder fünf höchstens oder auch sechs. Aber die restlichen Bilder, die hatte er ja zum Glück schon alle vor langer Zeit vernichtet gehabt. Doch jetzt war mit einem Schlag alles anders geworden. »*Quid pro quo* – dies für das.« Er würde schweigen. Er würde schweigen müssen. Mit den Bildern hatte er sich erpressbar gemacht. Bis an sein Lebensende würde er schweigen. Auch wenn dadurch ein Verbrechen vielleicht nie aufgeklärt werden konnte.

Er wusste nicht, was sonst noch passiert war am heutigen Abend. Aber er hatte gesehen, wie die Männer einen Wagen ins Wasser schoben. Man schob nicht einfach ein Auto mitten in der Nacht in die Donau. Irgendetwas musste vorangegangen sein. Er hatte auch nicht gesehen, ob noch jemand in dem Wagen war. Es hätte ein BMW sein können. Ganz sicher war er aber nicht. Er knipste das Nachttischlämpchen an. Kalter Schweiß stand ihm nun auf der Stirn, und fast fühlte *er* sich wie ein Verbrecher. Vor seinem Herrn fühlte er sich schuldig. Schuldig, weil er etwas *nicht* tun würde. Weil er *nichts* tun würde. Und er wusste noch etwas: wer die zwei Männer waren, denen er begegnet war …

Die Redlichen dürfen wohnen
vor Deinem Angesicht.
Psalm 140,14

15

Sonntag, 22. Mai

Es scheint, der Frühling habe nun endlich Einzug gehalten. Die Natur entfaltet sich zusehends. Die Tage werden wärmer, die Nächte sind frostfrei. Die Eisheiligen haben keine Schäden in den Gärten und in der Landwirtschaft angerichtet. Die Bäume tragen helles Grün. Mensch und Tier drängt es nach draußen. Das kleine Straßencafé in der Fußgängerzone erfreut sich zunehmender Beliebtheit. Eine gewisse Unruhe ist spürbar. Überall werden Baustellen errichtet und Altes entsorgt. Neues wird gebaut. In drei Wochen feiert man Pfingsten, das Fest der Entsendung des Heiligen Geistes.

***

Es ist jetzt zehn Uhr vorbei, und die Maria und ich haben beschlossen, gleich heute noch mal zum Xaver zu gehen.

Wir stehen jetzt an derselben Stelle auf derselben Seite vom Hungersbach, an der ich vor ein paar Tagen drüberspringen wollte und leider das andere Ufer verpasst hab. Ich seh ihn schon von Weitem, den Xaver. Er ist schon auf. Aber alte Leute stehen ja immer mit den Hühnern auf. Als er mich sieht, winkt er. Wir winken zurück. Er kommt her bis zum Gartenzaun. Diesmal spring ich aber nicht über den Bach. Der alte Mann hustet heute noch schlimmer als das letzte Mal.

»Hast no ned g'nua, Dearndl, willst es am End no'mal probier'n?«, begrüßt er mich in verwaschenem Dialekt und lacht dabei etwas heiser. Hat der gesoffen letzte Nacht?

Ich verzwick mir eine gscherte Antwort aber lieber und lächle stattdessen süßsauer zu ihm hinüber. Wir wollen ja schließlich nicht mit ihm streiten, sondern Antworten auf wichtige Fragen.

»Wir würden gern ein paar Dinge von Ihnen wissen, dürfen wir reinkommen?«, fällt die Maria in ihrer typisch derben Art gleich mit der Tür ins Haus.

»Ja, dann kommt's halt einer. Damenbesuch am Morgen, des lob ich mir. Und zwoa so fesche noch dazua …« Wieder lacht er, als wär er nicht ganz koscher. Sind alle alten Männer so? Oh Gott, dann möchte ich lieber keinen mehr, schicke ich in Gedanken ein Stoßgebet zum Allmächtigen hinauf.

Wir gehen nun ganz anständig über die kleine Brücke, die nicht weit von Xavers Garten entfernt ist, und erreichen unbeschadet und trockenen Fußes den Maschendrahtzaun, der um das Grundstück führt. Der Alte zerrt an dem Gartentürl, bis es aufspringt, und bittet uns mit einer zirkusreifen Verbeugung in seinen Garten. Wieder hatscht er voraus und bietet uns Platz auf der patinierten blauen Bank auf der Terrasse an. Auf dem ebenfalls patinierten Holztisch steht ein Weizenbierglas, halb leer.

»Mei' Frühschoppen«, erklärt er grinsend und ein wenig schuldbewusst. Der ist dem Alkohol scheinbar auch nicht abgeneigt, denk ich und werfe der Maria einen vielsagenden Blick zu.

»Wollt's ihr a oans?«, fragt er anstandshalber.

Wir schütteln zeitgleich unsere Köpfe.

Ein paar Sekunden lass ich nun die frühsommerliche Morgenfrische auf mich wirken und verfalle in eine behagliche Starre.

Die Maria tut augenscheinlich das Gleiche, der Xaver wohl auch, da er die Augen für einen Moment schließt und ein Lächeln um seinen Mund spielt. Die Wärme tut Körper und Seele gleichermaßen gut. Das Menschlein lechzt nach ein bisschen Sonne, die ihm im vorangegangenen, langen Winter zu oft verwehrt geblieben ist.

»Beim ›Donauwirt‹ habens' ein Skelett ausgegrab'n, gell? Des war in der Zeitung g'standen …«, meint der Xaver dann urplötzlich und gibt uns damit Gelegenheit, auf das entsprechende Thema zu kommen.

»Ja, und wir zwei haben es gefunden«, fügt die Maria postwendend hinzu.

»Geh weider, is woahr?« Mit einem Mal reißt der Xaver die Augen auf und nimmt hastig einen Schluck aus seinem Bierglas.

»Ja. So ist es«, bestätigt die Maria.

»Und deswegen sind wir auch da. Wegen dem Skelett.«

»Ah so, desweg'n seid's ihr da?«, wandelt er ihre Erklärung geschickt in eine Frage um. Will er Zeit gewinnen? Ich hab so das Gefühl, der weiß mehr, als seine eingefrorenen Gesichtszüge vermuten lassen.

»Aber, was hab denn *ich* damit zu tun?«, fragt er weiter und wirkt auf einmal ganz angespannt. Er nimmt gleich noch mal einen Schluck. Den letzten. Dann stellt er das leere Glas auf das Bierfilzl zurück.

»Herr Huber, Sie haben letztes Mal erwähnt, dass Sie am 25. April 1989 im ›Donauwirt‹ waren. Ist das richtig?« Ich muss es einfach gleich auf den Punkt bringen. Sonst sitzen wir ja morgen noch da. Doch er schweigt. Meine Nervosität steigt. Ich dreh meinen Kopf zur Maria. Die kaut an ihren Fingernägeln. Der Xaver atmet schwer. Dann kriegt er wieder einen Hustenanfall.

»Sie sollten doch mal zum Arzt gehen«, schlag ich ihm besorgt vor. Er hustet weiter, winkt aber ab.

»Da wennst' mir ned gehst mit de Quacksalber, mei' Liaber.«

Ich schau ihn verständnislos an. Aber letztendlich ist es ja seine Sache. Aber gut schaut er nicht aus.

Plötzlich macht er einen tiefen Seufzer und setzt zum Reden an: »Ja, ich war an dem Abend im ›Donauwirt‹.

Hab da wie immer mein Bier getrunken. Ganz hinten bin ich g'sessen an einem Ecktisch. Und proppenvoll war's an dem Abend, des weiß ich noch. Die vom Schützenverein waren auch da. Ich war auch Sportschütze damals, aber ned in diesem Verein.« Sichtlich stolz fängt er an, uns davon zu erzählen, und in seinen Augen ist auf einmal ein Glanz, der ihn bald zehn Jahre jünger aussehen lässt.

Während uns der Xaver also über diverse Schießgeräte aufklärt, entdeck ich in meiner Nähe eine Amsel, die unablässig mit dem Schnabel in die Erde pickt, bis sie schließlich den Wurm hat und ihn rauszieht. Eigentlich interessieren mich ja weniger Xavers Erlebnisse als Waffennarr als vielmehr, was an besagtem Abend im »Donauwirt« passiert ist. Aber ich lass ihn reden.

Die Maria gähnt, wie ich nebenbei bemerke.

»Und dann …«, beginnt der Xaver plötzlich und hebt den Kopf, doch sein Blick geht ins Leere.

»Was war dann, Xaver …? An diesem Abend?«, fragt die Maria weiter, nachdem er ins Stocken gerät. Der Alte wischt sich jetzt wie im Zeitlupentempo mit der Hand übers Gesicht. Muss er die Erinnerungen vielleicht erst von ganz hinten aus seinem Hirnkastl holen? Sein Atem rasselt unüberhörbar, doch er schweigt. Hat er Marias Frage überhaupt registriert?

»Warum haben Sie an jenem 25. April mit dem Rauchen angefangen? Warum?« Allmählich werde ich ungeduldig, doch die Maria bedeutet mir mit einem Nicken, Ruhe zu bewahren.

Der Xaver fängt jetzt richtig an zu zittern. Erst die Hände, dann auch seine Beine. Hinter vorgehaltener Hand flüstert er: »I hab g'seh'n, wies' damals oan vorm Wirtshaus zamg'schlag'n hab'n …«

In diesem Moment treffen sich Marias und mein Blick. Sie ist ganz weiß im Gesicht, und auch ich hab das Gefühl, dass ich weiche Knie kriege. Gut, dass ich schon sitze.

Die Maria fängt sich als Erste wieder und tut dem Xaver gegenüber so, als hätt sie von nichts eine Ahnung. Geschickter Schachzug.

»Zusammengschlag'n? Wer? *Wer* hat *wen* zusammengeschlagen?«

Es ist unübersehbar, dass es dem alten Mann schwerfällt, über das zu sprechen, was er gesehen hat. Er starrt wieder, wie vorher, auf den Boden mit den Betonplatten.

Als er nach einer gefühlten halben Ewigkeit immer noch regungslos dasitzt, wird's mir allmählich zu blöd.

»Xaver, so helfen S' uns halt ein bisserl. Sie wissen doch mehr als das, was Sie uns bisher gesagt haben.«

Jetzt mischt sich die Maria ein.

»Wir wollen mithelfen, das Ganze aufzuklären. Schließlich geht es uns ja was an. Gell, Sofie?«

Ich nicke, bin aber etwas frustriert. Ob wir mit dem tatsächlich weiterkommen, ist fraglich.

Plötzlich greift der alte Mann nach seinem Feuerzeug und der Zigarettenschachtel: Gauloises ohne Filter. Starkes Zeug. Das kenn ich auch. Hab das vor Jahren mal probiert. Als ich mich von meinem Ex getrennt hab. Hab's zum Glück aber wieder sein lassen mit dem Rauchen. Ich will es nämlich nicht auch so auf der Lunge kriegen wie der Xaver. Jetzt fischt er mit seinen zittrigen, knochigen Fingern einen Glimmstängel aus der Packung und zündet ihn an. Wieder warten wir. Man braucht wirklich Geduld mit ihm. Ob die auf der Wache auch so eine Geduld haben? Dann kriegt er wieder einen Hustenanfall.

»Wer's woar, willst' wissen?«

Wie der mich jetzt anschaut. Da krieg ich eine furchtbare Gänsehaut.

»Hm, gerne«, presse ich fast höflich hervor. Aber meine Nerven sind zum Zerreißen gespannt. Zu seinem besseren Verständnis wiederhole ich die Frage noch einmal, in einem schönen, ganzen Satz: »Wer wurde zusammengeschlagen, und von wem wurde er zusammengeschlagen?« Jetzt müsst er's doch kapiert haben. Oder tut der bloß so, als wär er auf der Brennsupp'n daherg'schwommen? Er zieht an seiner Gauloises, bläst den Rauch durch die Nase. Aber er schweigt. Scheint mit sich oder seinem Gewissen zu hadern. Warum will er nicht reden? Ah, endlich, er sagt was:

»Die arme Sau. Des war oaner von denen, die zum Schluss noch eine Zeit lang lautstark Karten g'spielt hab'n, am Tisch vom Schützenverein. Den Mann hab'ns regelrecht fertigg'macht bei dem Spiel. Ich hab des Ganze ein bisserl beobachtet, mich aber ned eing'mischt. Wisst's ihr, des mach ich grundsätzlich ned, mich bei jemand in einen Streit einmischen ...« Er nickt bekräftigend. Den abgebrannten Zigarettenstummel schnippt er ins Gras.

»Aber Sie haben gesehen, wie er zusammengeschlagen wurde?«

Er sieht mich etwas unschlüssig aus dem Augenwinkel heraus an. Dann nickt er.

»War es ein Österreicher?«, wirft die Maria hastig ein, doch in ihrer Frage liegt nur der Wunsch nach Bestätigung ihrer Vermutung.

Der Alte scheint einen Augenblick zu überlegen. Wieder nickt er.

»Dem sein Dialekt war ned zu überhören«, bestätigt er und verzieht den Mund zu einem müden Lächeln.

»Bitte, Xaver, erzählen Sie weiter«, bettelt die Maria ungeduldig.

»Ich war grad am Heimgehen, bin nur noch schnell aufs Klo. Das Klofenster war halb offen. Erst hab ich's gar ned wahr g'nommen beim Bieseln. Aber dann sind die Stimmen von draußen lauter g'worden. Da bin ich auf die Klobrille g'stiegen und hab vorsichtig rausg'lurt. Da seh ich draußen die zwei Männer. Einer von denen packt den Österreicher am Krawattl, schubst ihn immer wieder, bis der schließlich hinfällt und liegen bleibt. Da hab ich plötzlich so Angst bekommen und wollt auf einmal nur noch weg. Ich bin dann ganz schnell durch den Hinterausgang raus. Aufm Heimweg hab ich mir dann vor lauter Schiss mei' erste Schachtel Zigaretten vom Automaten g'holt. Ich Volldepp.«

Der Maria steht jetzt der Mund offen. Mir auch.

»Wieso sind S' denn da abgehauen? Und von wem ist der Mann g'schubst worden?«, frag ich entsetzt.

»Des, Madl, wirst aus meinem Mund ned erfahr'n. Und abg'hau'n bin ich desweg'n, weil ich damit nix zu tun hab'n wollt. Mit der Polizei, mein ich. Die hätt ich ja doch holen müssen, wie die arme Sau da regungslos am Boden g'legen is.« Er will wieder zur Zigarettenschachtel greifen, aber ich nehm sie ihm kurzerhand weg.

»Warum wollten Sie mit der Sache nix zu tun haben, Xaver? Sie hätten doch Hilfe leisten müssen, der Mann war doch offensichtlich verletzt«, werfe ich ungläubig ein.

Der Alte stiert wieder eine Ewigkeit in den Himmel.

»Na ja, weil ... weil ich damals halt a paar illegale Waffen besessen hab. Und der, der den Österreicher g'schubst hat, der hat mir die mehr oder weniger besorgt gehabt, weil der Beziehungen zu solchen Leuten hatte, die damit gehandelt hab'n. Er hat mir auch ab und zu entsprechendes Material beschafft, das ich dann zu scharfen Waffen umfunktioniert hab. Also, wenn ich den hing'hängt hätt, hätt der mich auf jeden Fall auch verpfiffen. Der war damals schon so ausg'haut!«

Ich bin beeindruckt, aber auch skeptisch.

»Das können Sie? Waffen herstellen?«

»I bin g'lernter Werkzeugmacher. Des war kein allzu großes Problem für mich, aus Dekowaffen funktionstüchtige zu machen.« Er grinst.

»'s war sozusagen mei' Hobby ... und wenn man noch a Schleifmaschin' und a paar geeignete Werkzeuge im Keller hat ...«

»Ah ja?« Hätte ich dem gar nicht zugetraut, dass er so was kann.

»Ja, ja, handwerklich war ich schon immer recht g'schickt«, fügt er mit unüberhörbarem Stolz hinzu.

Das ist's dann aber auch. Wer den Österreicher zu Fall gebracht hat, kriegen wir aus ihm nicht mehr heraus. Aber ein paar andere interessante Dinge aus seinem Leben dürfen wir noch erfahren. Zum Beispiel erzählt er uns, dass ihm früher der Kramerladen gehört hat, der damals noch »Kolonialwarenladen« hieß. Da hat er alles gehabt, vom Salatkopf bis zur Rosenscher'. Er sagt auch, dass er seinerzeit ein Verhältnis mit der Annelies Gruber gehabt hätt, die den Laden später übernommen hat.

»A richtig's Dreckluada. Die wollt mir damals was anhängen, wie ich Schluss g'macht hab mit ihr. Aber des is a andere G'schicht.«

Die Maria und ich fragen lieber nicht weiter nach.

Der Xaver beginnt wieder zu husten. Das Reden strengt ihn anscheinend ziemlich an. Ich werf der Maria einen wissenden Blick zu. Wir wollen's ja nicht übertreiben.

»Dank schön, Xaver. Wir gehen jetzt. Nur eine letzte Frage hab ich noch. Wer war eigentlich der andere von den beiden Männern?«

Er zuckt nur mit den Schultern. Wir verabschieden uns.

Als wir schon fast am Gartentürl angelangt sind, pfeift er uns zurück.

»Ja?«, ruf ich. Wir schauen ihn beide etwas verwirrt an.

Er hatscht uns mit seinen Hausschlappen entgegen und keucht.

»Außer euch weiß keiner von der G'schicht, gell? Nur dem Pfarrer, dem hab ich's gebeichtet seinerzeit, sonst niemandem.«

»Dem Pfarrer?«

»Mei, ich war ja so durcheinander damals. Ich hab's doch irgendjemand sagen müssen. Ich hab ned g'wusst, was ich machen soll. Könnts' euch des vorstellen? In so einer Situation is dir halt dein Hemd doch näher wie die Hos'n. Und der Herr Pfarrer hat ja Schweigepflicht, sozusagen.«

Mir fällt die Kinnlade herunter.

> Und plötzlich kam aus dem Himmel ein Brausen,
> wie von einem daherfahrenden, gewaltigen Wind,
> und erfüllte das ganze Haus, wo sie saßen.
> Und es erschienen ihnen zerteilte Zungen wie von Feuer,
> und sie setzten sich auf jeden einzelnen von ihnen.
> Und sie wurden alle mit Heiligem Geist erfüllt.
> *Apostelgeschichte 2,1–4*

16

Am nächsten Tag um Punkt neun beim Gustl auf der Polizeistation

Als wir nach kurzem Klopfen seine Bürotür öffnen, sitzt er, uns den Rücken zugewandt, über einer geöffneten Akte. Die Maria fällt gleich mit der Tür ins Haus:

»Gustl, wir haben einen Zeugen.«

»Was?« Als der Gustl das hört, macht er in seinem Drehstuhl eine Hundertachtzig-Grad-Drehung. So schnell, dass der Stuhl schon verdächtig quietscht. Wir berichten ihm, was wir vom Xaver erfahren haben.

»Gibt's denn von eurer Seite schon was Neues in der Sache?«, fragt die Maria ihren Bruder anschließend.

Der Gustl zuckt mit den Schultern. Heißt demzufolge: Nein.

»Wir werden der Sache nachgehen«, meint er lethargisch, aber mit hochrotem Kopf. Dann schreibt er noch die Adresse vom Xaver auf einen Schmierzettel.

»Ich werd da jemanden hinschicken.«

Das kommt mir jetzt aber so vor wie: Wenn Sommerschlussverkauf ist, schau ich, dass ich eine günstige Winterjacke find … Ich guck ihn misstrauisch an. Er aber kann meinem Blick nicht lange standhalten und sieht verlegen auf seine Uhr.

»Mädels, ich hab noch einen Termin.« Damit verabschiedet er uns und geht eilig aus dem Zimmer.

Noch während wir durch die gläserne Tür zum Ausgang gehen, flüstere ich der Maria zu: »Merkst du was, Maria? Der blockiert. Des is doch offensichtlich, da geht nix voran. Das kommt mir jetzt ein bisschen vor wie in der Politik, da ist man's ja gewohnt. Nur hier eben im Kleinen.«

»Vielleicht interessiert's die Polizei ja auch deswegen

nicht besonders, weil alles so lange her ist. Die müssen sich sicher erst mal um die aktuellen Fälle kümmern«, erwidert sie frustriert.

Niemals werde Ich dir meine Hilfe entziehen,
nie dich im Stich lassen.
Josua 1,5b

17

Dienstag, 24. Mai, gegen halb zwölf vorm Haus von der Maria

Die Maria will mir heute zum ersten Mal ihr neues Zuhause zeigen. Wir fahren knapp zehn Minuten mit dem Auto auf der Landstraße. Dann taucht das Ortsschild von Kleinkiefenholz vor uns auf. Als wir aussteigen, schlägt mir übler Geruch entgegen. Der kommt von den Rapsfeldern links und rechts neben der Straße. In letzter Zeit findet man überall derartige Felder. Früher waren es nicht so viele. Da hat's auch nicht so gestunken. Meine Nase kitzelt, und ich muss niesen. Ich bin ziemlich aufgeregt, als wir auf das graue Häusel mit den Fensterfaschen zugehen, und mir fällt als Erstes auf, dass der Putz an einigen Stellen aufgeplatzt und abgeblättert ist. Das dürfte mal wieder gemacht werden. Das lange, spitze Dach ist mit Biberschwanzziegeln eingedeckt. Sie sind teilweise grün verfärbt und mit Moos bewachsen.

»Was hat denn der Georg dazu gesagt, dass du ihn verlässt?«, frage ich zurückhaltend, weil ich ja nicht weiß, wie sie das alles inzwischen verkraftet hat.

Sie spuckt ihren Kaugummi auf den Boden, macht eine abfällige Geste.

»Mir wurscht. Das hätte er sich früher überlegen sollen. Jetzt ist es zu spät. Aber den hat es ja auch nicht mal übermäßig interessiert, als ich ihm vom Xaver erzählt hab. Ich mein, dass der Xaver das damals beobachtet hat.«

Dann lenkt sie ab. »Komm, Sofie, geh ma erst mal rein.«

Sie hakt sich die letzten Meter bei mir unter.

Es ist ein altes Haus und um einiges älter als das, in dem sie jetzt wohnt. Aus der Nachkriegszeit vielleicht. Oder noch älter? Beim Eingang sehe ich keine Klingel. Nur einen schmiedeeisernen schwarzen Haken zum Klopfen.

So, wie man das ganz früher gehabt hat. Tante Lisbeth hatte an ihrem Haus auch so einen Haken. Zwei abgetretene, schiefe Stufen aus Beton führen zur Haustür. An der Hauswand links neben der Tür lehnt ein alter Waschzuber aus Zink. Die Tür quietscht, als die Maria aufsperrt und wir hineingehen. Es riecht abgestanden im Hausgang und auch noch ein bisserl nach dem, der da drin gestorben ist.

»Das Wohnzimmer«, strahlt sie und macht eine Handbewegung nach rechts. Sie geht voraus. Ich seh mich in dem Raum um, in den sie mich geführt hat. Als Erstes sticht mir die Eckbank ins Auge. Der bunt gemusterte Bezug ist zwar abgewetzt, wirkt aber gemütlich. Ich spüre das Verlangen, mich draufzusetzen. Was sonst noch drin steht? Eine breite champagnerfarbene Schlafcouch mit Flecken, ein Fernseher, eine Nähmaschine, Krimskrams. Vom Wohnzimmer aus geht man in die Kuchl. Da hat sie auch die Waschmaschine und den Trockner drin. Wir gehen wieder hinaus auf den Gang. Der Boden im Gang ist mit beige melierten Platten gefliest. An der linken Wand neben dem Eingang befindet sich ein Herrgottswinkel mit einem kleinen Fenster. Die Maria hat eine weiße Kerze auf einem Teller drin stehen und erklärt mir, dass das so ein Brauch von früher sei. Die Kerze hat man seinerzeit angezündet, um Schutz vor Gewitter zu erbitten. Hinten links steht ein großer schwarzer Holzofen. Elektrische Heizung hat sie aber zusätzlich noch. Im Wohnzimmer befindet sich ein weiterer Holzofen gegenüber der Eckbank.

Ich schau aus einem der drei nebeneinanderliegenden Fenster. Die dürften auch schon ein paar Jährchen aufm Buckel haben. An manchen Stellen sieht man das Holz durch, dort, wo der weiße Lack abgesplittert ist. Ich lasse meinen Blick durch den Teil des Gartens schweifen, den das zweiflüglige Fenster preisgibt. Etwas weiter hinten, von hohem Gras umgeben, seh ich einen Brunnen mit Pumpe. Ob der noch funktioniert? An das Grundstück grenzt ein großes Feld. Ich weiß nicht genau, was da angepflanzt wurde. Kenn mich da nicht so aus. Wehmütig dreh ich mich um.

»Hast dir gut ausgesucht. Hier hast du deine Ruhe.«

Sie hat tatsächlich keinen direkten Nachbarn. Das Nächstliegende, was ich sehe, ist ein großer Hundezwinger. Aber der ist weiter entfernt. Dahinter steht ein Holzhaus. Wir gehen über eine dunkelbraune Holztreppe zu den Schlafräumen hinauf, nachdem sie mir unten noch das Klo und die Speisekammer gezeigt hat. Oben betrete ich einen kleinen, fast quadratischen Raum, der mit hellem Kurzflorteppich ausgelegt ist. Das Schlafzimmer. Anhand der Abdrücke auf dem Teppich kann man erkennen, wo früher die Möbel gestanden haben. Nebenan ist noch eine kleine Kammer. Für Gäste. Abschließend führt sie mich noch ins Badezimmer, das mit Sichtbalken, weißer Emaille-Badewanne und Boiler ausgestattet ist. Einen Dachboden gibt es auch. Mit einer Einschubleiter, wie in ihrem alten Haus.

»Das war's«, kommentiert die Maria stolz.

Nach ungefähr einer Stunde machen wir uns auf den Rückweg. Wir haben noch eine Tüte mit Winteräpfeln gefüllt, die wir in einer Kiste in ihrem Erdkeller gefunden haben. Ich dreh mich noch mal um. Ein großer Garten umgibt das Häusel. Ringsherum ist ein Maschendrahtzaun. Den Garten müsst sie aber erst noch g'scheit herrichten, meint sie. Dann steigen wir ins Auto und fahren heim.

Während ich am frühen Abend mit der Maria in ihrem derzeitigen Haus steh und wir in der Kuchl Äpfel schälen und herschnippeln für den Kuchen, spielen sich nur zwei Straßen von uns entfernt dramatische Szenen in einem Einfamilienhaus in der Bergstraße ab:

Martha Mayer, vierzig Jahre alt und Verwaltungsangestellte bei der Stadt Regensburg, hat ihrem Ehemann Franz ihr Verhältnis mit dem Bürgermeister gebeichtet. Die Gerüchteküche brodelt ja schon seit einiger Zeit im Ort, und sie hat das Getratsche nun endgültig satt. Irgendwann wär es sowieso aufgeflogen. Und sie wollte doch vermeiden, dass ihr Mann es von irgendwoher erfährt. Dann schon lieber von ihr selbst.

»Des is jetzt ned wahr, Martha. Sag, dass des ned wahr is. Du und der Sepp. Des gibt's doch ned. Des kann doch ned sein. *Mein* Weib treibt's mit einem andern. Und ausgerechnet mit *dem*. Und ich Depp deck den auch noch jahrelang …!« Franz Mayer packt seine Frau mit beiden Händen und schüttelt sie. Sie stößt rücklings gegen einen Stuhl und kommt drauf zum Sitzen.

»Neeeein …!« In ihm kommt jetzt eine schreckliche Erinnerung hoch. »Nein!«, brüllt er aus voller Kehle. »Nicht noch einmal!«

Man hätt meinen können, der leibhaftige Teufel sei in ihn gefahren.

»Nicht noch einmal! Mit mir nimmer!« Er haut mit der Faust gegen die Wand, dass der Putz runterfällt.

***

Die Maria und ich haben natürlich von diesen Streitereien nichts mitgekriegt, und sie fährt mich sogar noch mit ihrem Auto heim in meine Pension. Aus Angst, ich könnt die guten Kuchenstücke unterwegs fallen lassen. Was die eigentlich von mir denkt? Traut mir wohl gar nichts zu. Na, wenn's meine eigenen Äpfel gewesen wären, ob sie da auch so vorsichtig gewesen wär?

Ich verabschied mich etwas hastig von ihr und bedank mich noch für den Kuchen. Mir pressiert's etwas, denn heute läuft mein Lieblingsfilm im Fernsehen: »Das Schweigen der Lämmer«. Mit Anthony Hopkins und Jodie Foster. Hab den mindestens schon fünf Mal gesehen. Und jedes

Mal hab ich eine Gänsehaut bekommen. Besonders bei der Szene, wo der Frauenkiller Bill sich aus der Haut von seinen Opfern ein Gewand näht. Das ist wirklich nix für schwache Nerven.

Um zweiundzwanzig Uhr fünfzehn hab ich es geschafft. Ich habe meinen Film überstanden. Ohne dabei weggesehen zu haben. Kein einziges Mal. Bei der Szene, wo die FBI-Agentin Starling im Dunkeln mit der Pistole herumfuchtelt und dem Frauenmörder Buffalo Bill ganz dicht auf den Fersen ist, sie aber von ihm mit der Wärmebildkamera beobachtet wird, hab ich früher immer wegsehen müssen. Darum bin ich da schon stolz drauf. Aber eigentlich ist es ja nicht wirklich eine Leistung, wenn man bei einem Thriller *nicht* wegschaut.

Verurteilt nicht,
so werdet ihr nicht verurteilt werden.
Lukas 6,37

18

Donnerstag, 26. Mai, am frühen Nachmittag

Die Maria hat mich vor zwei Stunden schon angerufen und gedrängt, wir sollten unbedingt noch mal zum Xaver gehen. Es hätte ihr keine Ruhe gelassen, dass der Xaver weiß, wer den armen Österreicher draußen vorm »Donauwirt« so unglücklich geschubst oder gestoßen hat, dass er … Ich glaub jedoch eher, es geht ihr hauptsächlich darum, endlich zu erfahren, ob's nun wirklich der Sepp war, wie sie vermutet. Ich willige also ein, und wir verabreden uns für drei Uhr vor der Pension »Talblick«. Pünktlich ist die Maria aber nicht. Nein, das ist nicht gerade ihre Stärke. Das weiß ich noch von früher. Sie hat noch eine Hose fertig nähen müssen, bringt sie als Entschuldigung hervor. Ich nicke nur und lächle wissend. Hoffentlich kriegt sie das jetzt nicht wieder in den falschen Hals.

Nach nur ein paar Minuten sind wir im Finkenweg, wo der Xaver wohnt. Auf Nummer sieben ist er zu Haus. Sein Haus ist in kräftigem Azurblau gestrichen, daher sticht es unter den anderen, die beinah alle ein trauriges Dasein in mehr oder weniger dreckig weißen Farbtönen führen, deutlich hervor. Als wir näher kommen, erkennen wir einen schwarzen, langen Pkw. Es ist ein Leichenwagen … Er steht in der Hofeinfahrt vom Xaver. Wir bleiben zeitgleich wie angewurzelt stehen. Das darf doch jetzt nicht wahr sein!

»Verdam…« Der Maria bleibt das Wort im Hals stecken.

»Pssst. Reiß dich bloß zusammen«, fauch ich sie von der Seite an.

Wir gehen noch ein paar Schritte näher und bleiben vor der Einfahrt stehen. Da seh ich auf dem Nachbarsgrundstück die Resi-Schmelz-Eimer-Nachbarin in ihrem

Garten. Der kommt aber auch nix aus, denk ich. Sie steht hinter einem Ginsterstrauch. Der lässt sie aber auch nicht attraktiver erscheinen.

Sie zwängt sich durch den Strauch zu uns an den Zaun heran und flüstert ehrfurchtsvoll: »Sei Zugehfrau hat den Xaver tot im Bett g'fund'n. Aber der hat's ja schon lang auf der Lung' g'habt, kei' Wunder. Der hat ja auch die Raucherei ned sein lassen. Ich hab's ihm oft g'sagt. Xaver, hab ich g'sagt, hör mit dem Rauchen auf. Aber er hat halt ned auf mich g'hört. Und dem Alkohol war er ja auch ned abgeneigt, gell? Aber jetzt is halt zu spät …«

Kaum dass der alte Mann das Zeitliche gesegnet hat, geht der Tratsch schon los. Aber nach Tratsch ist mir jetzt überhaupt nicht zumute. Ich verdrehe genervt die Augen, während wir am Gartentor stehen. Inzwischen haben sich noch zwei ältere Herrschaften zu uns gesellt, und »Frau Resi« ist sofort abgelenkt. Mit Übereifer erzählt sie denen jetzt Wort für Wort das Gleiche wie uns gerade. Manche Leute sind aber auch wirklich sehr einfach gestrickt …

»Wir können hier nichts mehr tun. Komm, Maria«, flüstere ich ehrfurchtsvoll.

»Aber wir werden woanders etwas tun! Jawohl!«, erwidert die Maria postwendend und geladen. Ich hak mich bei ihr unter, und wir gehen schweigend den Weg zurück.

***

Kurz vor seinem Feierabend stehen wir beide dann in Gustls Büro.

»Warum, zum Teufel, geht da nix weiter, Gustl?«

Ich spür, wie die Maria innerlich vor Wut kocht.

»Maria, bitte!«

Der Gustl ist offensichtlich ziemlich erschrocken, als wir beide plötzlich und ohne Vorwarnung in sein Zimmer stürzen. Er holt tief Luft. Dann erklärt er betont ruhig: »Wir brauchen eine Zeugenaussage, Madl. Da kannst du hundertmal beteuern, der Xaver hätt euch dies und das erzählt.« Der Gustl ist sichtlich genervt von der Hartnäckigkeit seiner Schwester. Seine Stirn ist feucht. Sein Gesicht schaut aus wie eine untergehende Sonne. Rot und rund.

Die Maria haut mit der Faust auf den Tisch vom Gustl, dass sein Stempel-Rondell von anno dazumal gleich in die Höh hüpft.

»Dafür ist es jetzt zu spät! Er ist tot!«, schreit sie.

»Komm, Sofie.« Sie dreht sich um, reißt die Tür auf und stürzt hinaus. Beinah rennt sie dabei noch den jungen Beamten übern Haufen, der gerade hereinwill. Er sieht mich schon ganz komisch an und macht eine ziemlich eindeutige Handbewegung.

Als wir wieder draußen vorm Eingang stehen, kommt mir eine Erinnerung, und vage äußere ich der Maria gegenüber meine Vermutung: »Weißt du noch? Einer der drei Leute hält sich die Augen zu. So hat es die Minna in ihren Karten gesehen. Ich glaube, es ist der Pfarrer, Maria. Der Pfarrer hält sich die Augen zu. Womöglich weiß der alles. Der Xaver hat doch damals bei ihm gebeichtet …«

»Und was machen wir nun?«, fragt die Maria.

»Wir werden den Herrn Hochwürden natürlich aufsuchen, das ist doch so klar wie sein Amen in der Kirche, oder?«

Selig sind die Toten,
die im Herrn sterben.
Offenbarung 14,13

19

Samstag, 28. Mai, vorm Pfarrhaus

Wir klingeln. Es dauert eine Weile, bis jemand öffnet. Dann steht die Pfarrhaushälterin in der Tür. Ob der Herr Pfarrer auch da wär, wollen wir wissen. Da mustert sie uns erst einmal von oben bis unten. Ob wir auch »würdig sind, unter sein Dach einzugehen«? So, wie es die Leut' beim Gottesdienst vor der Kommunion beten? Wenn Blicke töten könnten, dann würde ich jetzt auf der Stelle tot umfallen.

Eine typische alte Jungfer ist das, und eine Haut hat sie wie ein hundertjähriger Lederapfel. Wie alt sie wohl sein mag? Gehen Pfarrhaushälterinnen eigentlich gar nicht in Rente? Ach so, die gehen gleich in den Himmel, mit dem Herrn Pfarrer höchstpersönlich. Die Sekunden, in denen ihr Blick auf uns klebt, kommen mir vor wie Stunden. Dann dürfen wir endlich eintreten.

»Momäänt«, fordert sie uns zu erneutem Warten auf. Wir stehen wieder eine Ewigkeit im Korridor. Wie bestellt und nicht abgeholt. Dann erscheint irgendwann der Pfarrer. Er fragt nach unserem Anliegen und bittet uns in sein Büro. Er schließt die Tür. Die Augen des »hundertjährigen Lederapfels« aber müssen draußen bleiben. Er ist höflich, bittet uns, Platz zu nehmen. Wir setzen uns, und die Maria plappert gleich drauflos: »Der Huber Xaver ist tot.«

Der erste Kommentar des Pfarrers besteht aus einer betroffenen, aber belanglosen Miene. Und einem würdigen Nicken.

»Sie wissen schon, wen ich meine, Herr Pfarrer.« Der Tonfall von der Maria ist jetzt energischer.

»Ich kannte ihn …«, erklärt der Pfarrer wortkarg. »Wie

kann ich euch helfen?« Dabei schaut er demonstrativ auf seine Uhr.

»Wir wollen Ihre Zeit bestimmt nicht übers Maß strapazieren, Herr Pfarrer. Aber …« Die Maria druckst etwas herum. »Aber … ich mein, jetzt ist doch der Xaver eh schon im Himmel. Jetzt kann doch des kei' Sünd mehr sein, Herr Pfarrer. Helfen S' doch mit Ihrer Aussage mit bei der Aufklärung von dem Mord damals, vor zweiundzwanzig Jahren. Beim ›Donauwirt‹ …«

Das Gesicht des Geistlichen wird augenblicklich fahl, und er scheint um Jahre gealtert. Damit hat er nicht gerechnet. Dass wir beide kommen. Dass wir wissen, dass er weiß …

»Ich habe Schweigepflicht«, erklärt er mit leiser, matter Stimme.

Die Maria erhebt sich von ihrem Stuhl, geht jetzt zur anderen Seite des Schreibtisches, an dem der Pfarrer sitzt, und kniet vor ihm nieder. Sie nimmt seine Hand.

»Bitte, Herr Pfarrer, machen S' eine Aussage«, flüstert sie. Sie sieht ihn flehend an. Dann steht sie auf.

***

Am selben Abend

Bei den Eheleuten Mayer ist inzwischen wieder ein wenig Ruhe eingekehrt. Die Martha ist aber doch etwas verwirrt über die Andeutungen, die der Franz bei dem Streit vor ein paar Tagen geäußert hat, und fragt ihn daher beim Abendessen: »Du, Franz, wie hast denn des letzthin g'meint: ›Mit mir nimmer.‹ Und überhaupt, wieso deckst du den Sepp?«

»Wieso ich den deck, willst du wissen? Du willst es wirklich wissen? Dann sollst du es erfahr'n. Als Erste sollst es erfahr'n. Und dann die Polizei. Und dann alle Leut. Ich mag nämlich nimmer. Über zwanzig Jahre hab ich geschwiegen. Hab mein Maul gehalten und niemandem was erzählt. Keiner hat erfahr'n, was damals passiert is' beim ›Donauwirt‹. Aber jetzt ist sowieso schon alles wurscht. Und der Hias hat eh jetzt sein' sicher'n Job.«

»Der Hias? Was um alles in der Welt hat denn dein Bruder damit zu tun?«

Der Franz starrt mit versteinertem Gesicht an die Wand. Er sagt lang nichts. Schaut nur. Seine Frau sieht ihn fragend an.

»Ich versteh dich ned, Franz. Was du immer hast mit dem Hias. Ich mein, auch wenn er schiach is und seinen Fuß nachzieht: Bist du dem vielleicht irgendwas schuldig? Du weißt doch genau, dass das ein Geburtsfehler war. Da kannst doch *du* nix dafür. Auch wenn du deiner Mutter damals in den Bauch getreten hast, wie sie mit ihm schwanger war. Hältst du dich denn immer noch schuldig dafür, dass er humpelt?«

Nun rastet der Franz völlig aus.

»Naa, naa und nochmals naa! Ich halt mich g'wiss ned verantwortlich dafür, dass er ein Krüppel g'worden is'. Naa, für ganz was anderes, verstehst du? Für ganz was anderes …«

Der Franz packt seine Frau an der Hand und zerrt sie in den Keller. Hastig holt er ganz unten aus einem Regal einen schwarzen, kleinen Schuhkarton. Er bückt sich, reißt ihn auf. Dann zieht er ein blutverschmiertes blau-weiß kariertes Geschirrtuch heraus.

»Da. Schau's dir an. Schau's dir genau an. Weißt du, was das is? Nein, du weißt es *nicht*. Kannst du auch nicht.«

Martha schaut ihn verängstigt an.

Er schwenkt das Tuch in der Luft. »Das Beweisstück! – Das *einzige* Beweisstück! Verstehst du?«

»Gar nix versteh ich«, stammelt sie. Ihre Augen werden feucht.

»Sieh's dir an! Blut, überall Blut!«, brüllt er und wirft ihr den verkrusteten Lappen ins Gesicht. Er lacht. Es ist ein gehässiges, fratzenhaftes Lachen. Gleichzeitig laufen ihm Tränen über die Wangen. Die Martha bekommt Panik, will sich von ihm losreißen und davonlaufen.

»Du bleibst da! Hast du gehört? Du bleibst schön da!«

»Franz, ich hab Angst. Du bist ja verrückt. Was soll denn das? Ich weiß noch immer nicht, wovon du eigentlich sprichst.«

Er umklammert ihre Hand noch stärker. Er zieht sie an sich, sieht sie mit seinen kalten grauen Augen fest an.

»Ich sag dir, warum ich geschwiegen hab. Zweiundzwanzig Jahre hab ich geschwiegen. Weil ... weil der Hias, der Dodl, eine Arbeit bei der Gemeinde bekommen hat als Gegenleistung dafür, dass ich geschwiegen habe.«

Die Martha schaut ihn fragend an.

»Versteh ich ned. Der ist doch schon ewig und drei Tag bei der Gemeinde als Fahrer angestellt.«

»Genau, Martha. Genau davon red ich. Und jetzt fragst dich mal, wieso.«

Der Franz beginnt nun auszupacken. Minutiös erzählt er ihr, was geschehen ist. Zwischendurch wird er immer wieder von heftigen Weinkrämpfen geschüttelt. Erst als er fertig ist, lässt er sie los. Kraftlos sackt er zusammen und bleibt auf dem grauen Fliesenboden des Waschkellers sitzen.

Die Martha steht ein paar Minuten lang wie gelähmt vor ihm. Unfähig, auch nur ein Wort zu sagen. Auf einmal hält sie sich die Hände vors Gesicht und fängt an zu schluchzen. »Du lügst! Ich glaub dir kein Wort!«

Sie dreht sich um und stolpert panisch die Steintreppe hinauf. Schnappt ihre Strickjacke und stürzt aus dem Haus. Es ist bereits dunkel, aber das stört sie nicht. Sie läuft wie ein gehetztes Tier. Ziellos irrt sie umher. Kann keinen klaren Gedanken fassen. Das alles klingt zu unglaublich, was der Franz da erzählt hat. Erzählt? Gebeichtet hat er.

Ein Geheimnis, das er seit über zwei Jahrzehnten mit sich herumträgt. Wie hat er bloß leben können mit dieser Schuld.

Und wenn das Ganze jemand gesehen hat? Nicht auszudenken. Er sagt, er hätte den Sepp gedeckt. Gedeckt, indem er geschwiegen hat über das, was der dem jungen Mann angetan hat. Aber der Franz sagt ja, dass es ein Versehen war. Ein Wort hat halt das andere ergeben. Und schuld an allem war nur dieses blöde Kartenspiel. Der Sepp hat nämlich geglaubt, der fremde junge Mann habe ihn die ganze Zeit beim Spielen beschissen. Sonst war ja nix. Und später hat er sich draußen mit dem so in die Haare gekriegt, bis alles eskaliert ist. Nur zurückgeschubst hat der Sepp ihn, als der Mann den Sepp am Krawattl gepackt hat. Aber wer hätt denn gedacht, dass der österreichische Dummkopf gleich rückwärts stolpert und genau auf diesen Stein fällt – mit dem Hinterkopf. G'rührt hat er sich nimmer. Keinen Ton hat der mehr von sich gegeben. Sie haben ihn gerüttelt und geschüttelt. Aber er hat die Augen nicht mehr aufgemacht. Da haben sie tatsächlich geglaubt, er wär tot, und haben ihn in Panik beiseitegeschafft. Ins Gebüsch, nicht weit vom Wirtshaus, habens' ihn gezerrt. Die konnten einfach nicht mehr vernünftig denken. Und als dann der Franz am nächsten Tag noch mal hingegangen ist, wo sie ihn versteckt hatten, war die Leiche plötzlich nicht mehr da. Und der Franz trägt das alles seither mit sich herum.

Kein Wunder, dass er schon so lang Magenprobleme hat. Irgendwann kriegt er noch mal ein Geschwür. So was kann man nicht einfach wegstecken und vergessen. Und damit der Franz sein Maul hält, hat der Sepp dem schiachen Hias, mit dem es das Leben nicht besonders gut gemeint hat, eine Stelle als Fahrer bei der Gemeinde besorgt. Schweigegeld sozusagen. Der Hias hat nämlich bei der Geburt zu wenig Sauerstoff bekommen. Darum hat er Schwierigkeiten bei der Koordination seiner Gliedmaßen.

Der war eine Zangengeburt, und fast wären er und seine Mutter dabei gestorben.

***

Die Martha läuft endlos im Dunkeln herum. Bis sie nicht mehr kann. Sie setzt sich am Waldrand auf einen Baumstumpf. Sie weiß weder ein noch aus. Ihre Augen sind vom Weinen gerötet. Hätte sie dem Franz doch bloß nix erzählt von ihrer Affäre. Bereuen tut sie's jetzt. Richtig bereuen.

Sie schnappt nach Luft. Ihr ist nämlich gerade ein wichtiger Gedanke gekommen: Sie muss den Sepp warnen. Unbedingt. Am besten jetzt gleich. Hektisch zerrt sie ihr Handy aus der Tasche und wählt seine Nummer. Er meldet sich sofort.

»Sepp … bist du's? Sepp, stell dir vor, also …« Vor Aufregung weiß sie gar nicht, wo sie anfangen soll.

»Du, der Franz weiß alles. Ich hab's ihm gesagt. Alles. Er weiß alles. Ich kann nimmer, es ist so schrecklich.« Sie bringt vor lauter Schluchzen kaum ein Wort heraus.

»Nun mal der Reihe nach. *Was* hast du ihm erzählt? Von uns? Ja, bist' denn ned noch blöder? Des is nicht dein Ernst, Martha. Bist du verrückt? Warum tust du das?«, krächzt der Bürgermeister und ringt um Fassung. Seine Stimme überschlägt sich fast dabei.

»Sepp, des wär doch früher oder später sowieso rausgekommen. Des mit uns hat doch keine Zukunft. Du bist verheiratet und Bürgermeister. Ich bin dem Franz seine Frau, und du bist sein Freund. Des geht einfach ned auf die Dauer. Kannst des nicht versteh'n?«

Der Sepp ist jetzt kurz vorm Durchdrehen. Seine Gedanken fahren Achterbahn. Er sieht plötzlich alle Felle davonschwimmen. Die Agnes, seine Frau, will sowieso schon lange nichts mehr von ihm wissen. Die Martha hat er nun auch verloren. Und wenn das Ganze womöglich noch an die Öffentlichkeit kommt, kann er seinen Status als Bürgermeister ein für alle Mal vergessen. Dann wählt ihn bei der nächsten Wahl keine Sau mehr. Aber das Allerschlimmste, das, was er nicht einmal zu denken wagt, sagt die Martha ihm jetzt:

»… und noch was, Sepp.« Sie hat sich nun wieder einigermaßen im Griff. »Der Franz hat mir noch was erzählt. Nämlich, dass da was passiert ist. Damals … beim ›Donauwirt‹.«

»Was soll da passiert sein?«, fragt der Sepp und versucht, seine Worte belanglos klingen zu lassen.

»Du weißt genau, was ich mein«, flüstert sie und sieht sich vorsichtig um. »Stell dich nicht so. Ich weiß Bescheid. Er hat mir alles gebeichtet. Und er sagt, dass er zur Polizei gehen wird. Und … und das Geschirrtuch nimmt er auch mit.«

»Was redest du da für ein wirres Zeug?« Der Sepp spielt den Unschuldigen.

»Ich warn dich, Sepp. Pass auf. Wenn das stimmt, und alles kommt auf, dann …« Sie schluchzt. »Hau ab oder mach sonst was, Sepp, ich fleh dich an.« In Marthas Stimme liegen Angst, Zweifel und Hoffnung gleichermaßen.

»Sepp?«

Totenstille.

»Bist du noch da, Sepp?«

Es knackt in der Leitung. Er hat aufgelegt. Ohne einen Ton. Ohne ihr irgendeine Erklärung zu geben. Ohne ihr die Zweifel zu nehmen und zu sagen, dass das alles gar nicht stimmt, dass es nicht wahr ist.

Sie stützt die Hände in den Kopf und fleht innerlich: Herrgott, lass das bitte alles nur einen Alptraum sein.

Eine halbe Ewigkeit sitzt die Martha noch auf dem kalten, feuchten Baumstumpf. Dann wird ihr Kopf allmählich klarer. Dass sie hier nicht für immer sitzen bleiben kann, ist ihr bewusst. Aber wo soll sie nur hin?

Den Totschläger soll man töten
nach dem Mund zweier Zeugen.
4. Mose 35,30

20

Am nächsten Tag gegen zehn Uhr vormittags in meiner Pension

Die Maria ist wieder mal am Apparat. Sie erzählt mir, ihre Freundin, die Mayer Martha, hätte gestern noch spätabends angerufen. Völlig fertig sei sie gewesen: Ob sie gleich zu ihr kommen könne? Es wär auch ganz dringend. Sie brauchte unbedingt einen Schlafplatz für die Nacht. Weil zum Franz traute sie sich am Abend nicht mehr … Natürlich hat die Maria eingewilligt. Ein bisserl gezögert hat sie zwar schon. Aber nur wegen dem Georg. Wenn der wieder gespannt hätte, dass ein Weibsbild im Haus ist, hätt sie nicht die Hand ins Feuer legen wollen, dass er's bei der nicht auch probiert hätte …

»Aber du weißt ja, was der mich kann«, betont sie, nachdem sie mich über ihre Bedenken aufgeklärt hat. Es hätte nicht lange gedauert, bis die Martha gekommen sei. Am Boden zerstört wär sie gewesen. Und nach einer Flasche Chianti hätte sie der Maria alles erzählt: ihr g'schlampert's Verhältnis mit dem Sepp, wie die beiden zusammengekommen sind und so weiter … Fast bei jedem Satz hätte sie einen Schluck aus ihrem Glas genommen.

»Die war wirklich total am Ende«, erklärt die Maria mitfühlend. Die Martha hätte auch darüber gesprochen, was damals beim »Donauwirt« vorgefallen ist. Damals, im Frühjahr 1989.

Die Maria macht eine Pause, bevor sie schließlich weiterspricht.

»Aber die Tante Minna hat es ja in ihren Karten schon gesehen. Und dem Sepp sein komisches Verhalten beim Maifest. Ich hab doch gewusst, der hat Dreck am Stecken. Mein Gefühl hat mich nicht getäuscht.« Die Martha hätte bei ihr im Wohnzimmer auf der Couch geschlafen, wär aber vor einer halben Stunde bereits wieder weg.

»Sie is halt doch wieder zurück zum Franz gegangen. Was wär ihr auch anderes übrig geblieben. Wo hätt sie denn hinsollen?«

Die Maria ist fertig. Und ich bin schockiert. Schockiert, aber auch überrascht. Mein Hals ist ganz trocken. Ich weiß gar nicht, was ich sagen soll. Hat sie also recht gehabt mit ihren Vermutungen. Und ich hab sie anfangs nur für ein bisserl verrückt gehalten. Aber jetzt bin ich eines Besseren belehrt worden. Das muss ich erst einmal verarbeiten. Binnen Minuten sind aus diffusen Vermutungen Tatsachen geworden. Mein Gehirn beginnt zu arbeiten. Es gibt nun einen realen Denkansatz. Nichts ist mehr Phantasie, Magie oder nur im Bereich des Möglichen.

***

Es ist zwischenzeitlich fast elf Uhr, und die Martha ist wieder zu Hause angekommen. Sie steht völlig fertig mit den Nerven und übermüdet vor der Haustür.

»Franz? Fraaanz!« Sie trommelt mit der Faust an die Tür und klingelt mehrmals. Ihr Herz klopft. Ihre Hände zittern. Aber es hilft nichts. Sie muss wieder zurück. Sie kramt in ihrer Handtasche, kann den Hausschlüssel aber nicht finden.

»Verdammter Mist.« Sie muss ihn gestern Abend irgendwo verloren haben. Sie klingelt nochmals. Der Franz macht nicht auf. Sie geht auf den Waschbetonsteinen entlang ums Haus. Vielleicht ist ja irgendwo ein Fenster offen. Als sie ums Hauseck kommt, sieht sie die offen stehende Terrassentür. Erleichtert geht sie hinein. Aber die Angst sitzt ihr trotzdem im Nacken. Sie steht im Wohnzimmer.

»Franz?« Keine Antwort. Es ist totenstill im Haus. Sie geht in die Küche. Dann die Treppe hinauf. Schaut in allen Räumen nach. Eigenartig, denkt sie. Auch oben kann sie den Franz nicht finden. Sie geht wieder ins Wohnzimmer hinunter. Leise schließt sie die Tür zur Terrasse und legt sich aufs Kanapee. Sie ist erschöpft von der vergangenen Nacht und dem übermäßigen Alkoholkonsum. Nur ein bisserl ausruhen möchte sie sich. Doch schon nach ein paar Minuten ist sie eingeschlafen.

Der Franz aber ist unterdessen mit dem Rad zur örtlichen Polizeistation gefahren. Es ist schwülheiß an diesem Vormittag. Das Thermometer beim Eingang zeigt bereits siebenundzwanzig Grad. Außer Atem reißt er die schwere Glastür auf. Ein junger Beamter sitzt an der Wache. Er macht einen schläfrigen Eindruck.

»Guten Morgen«, bellt er und fragt den Franz nach seinem Begehren. Der junge Mann nimmt zunächst seine Personalien auf. Dann führt er den Franz ins Dienstzimmer vom Gustl. Gerade fällt dem Franz aber noch ein, dass er vor lauter Aufregung ganz vergessen hat, die Terrassentür zu schließen, bevor er weggefahren ist. Wurscht, denkt er. Denn das, was er gleich sagen wird, würde sowieso alles verändern. Er hat das Geschirrtuch mit den Blutspuren im Rucksack und muss unentwegt an die Martha denken und daran, wie sie ihn mit dem Sepp betrügt. Ihm ist ganz schlecht. Seit gestern Abend hat er nichts mehr gegessen. Wie ein Tiger ist er ruhelos hin und her geschlichen im Haus. In der Nacht hat er kaum ein Auge zugetan. Hat sich stundenlang den Kopf zermartert. Aber in der Morgendämmerung war sein Entschluss gefasst: Er würde bei der Polizei eine Aussage machen.

Und jetzt steht er dem Gustl gegenüber. Der sieht ihn fragend an. In dem Moment geht die Tür auf, und der Alois Obermüller, ein älterer Polizeibeamter, kommt ins

Zimmer. Er wird vom Gustl angewiesen zu bleiben. Der Franz trägt sein Anliegen vor und bekommt einen Stuhl hingestellt. Der Gustl sitzt dem Franz gegenüber hinter seinem Schreibtisch, auf dem sich Akten mit braunen, grünen und gelben Deckeln stapeln. Er rutscht auf seinem Stuhl ein Stück zurück und lässt den Franz erzählen.

Der Alois hält währenddessen alles, was der Franz aussagt, im Protokoll fest. Als er fertig ist mit seinen Ausführungen, erhebt sich der Gustl schwankend aus seinem Bürosessel. Er geht zum Fenster hinüber und lehnt sich mit verschränkten Armen an. Ihm wird schnell klar: Eine äußerst heikle Angelegenheit ist das! Er kennt den Bürgermeister nämlich recht gut. Vor einigen Jahren hat er dem Sepp und seiner Frau, der Agnes, einen Wanderurlaub in Südtirol spendiert. Weil der Sepp doch beide Augen zugedrückt hat, als es um das Grundstück ging, das der Gustl nach seinen eigenen Vorstellungen bebauen wollte. Da hat ihm der Sepp halt einfach eine Sondergenehmigung verschafft. Und noch ein paar andere kleine Gefälligkeiten hat der Sepp ihm getan. Und jetzt kommt so ein Ar… daher und behauptet nach über zwanzig Jahren, dass der Sepp jemanden umgebracht hätt. Da kommt ihm plötzlich die Maria in den Sinn, wie sie vor Kurzem bei ihm war und das alte Bild dabeigehabt hat. Und er erinnert sich auch an ihre Andeutungen. Natürlich hatte er auf ihre bloßen Behauptungen hin nichts unternommen. Er wollte halt zumindest versuchen, zu vertuschen und unter den Teppich zu kehren, was möglich war. Natürlich auch, um seinen eigenen Kopf tunlichst aus der Schlinge zu ziehen. Eine Hand wäscht die andere, so einfach ist das. Aber jetzt ist der Fall anders. Jetzt hat sich das Blatt gewendet.

Kalter Schweiß steht dem Gustl auf der Stirn. Dennoch hat er sich im Griff. Er muss nur alles versuchen, die Sache herunterzuspielen. Beherrscht und kühl klingt dementsprechend, was er sagt: »Sind Sie sicher, dass das alles so zutrifft, wie Sie es beschrieben haben? Sie wissen, was Ihnen im Falle einer Falschaussage droht?«

Der Franz nickt. Er zieht jetzt das »Beweisstück« aus dem Rucksack und legt es auf den Schreibtisch.

»Was ist das?« Dem Gustl treibt's den Blutdruck in die Höh'. Sein Kopf wird knallrot. Offensichtlich hat sich jetzt das ganze Blut in seinem Schädel versammelt. Er geht zum Schreibtisch zurück und sieht sich den verklebten Lappen an.

»Ein Geschirrtuch?«

Der Franz nickt mit dem Kopf. »Das hab ich an dem besagten Abend neben der Mülltonne gefunden. Hab's dem Sepp gegeben. Wegen der Blutflecken am Boden. Mit dem Tuch hat er alles aufgewischt. Damit wollte er die Spuren beseitigen.«

»Das ist ja übel verschmiert.«

»Ja, der Sepp hat zum Schluss auch noch seine Nase damit abgetupft, weil er plötzlich so starkes Nasenbluten bekommen hat. Der andere hatte ihm nämlich vorher noch einen anständigen Kinnhaken versetzt.«

Der Gustl konfisziert den Lappen und lässt ihn in eine Tüte mit Zippverschluss gleiten. Er übergibt dem Alois den Beutel.

»Bring das ins Labor vom kriminaltechnischen Institut«, sagt er und denkt mürrisch: Eins zu null für dich, Franz Mayer, und dein blödes Geschirrtuch, das mir jetzt wieder unangenehme Arbeit verschafft. Er merkt, dass sein Blutdruck bei diesem Gedanken steigt. Die ganze Geschichte hier passt ihm sowieso nicht. Er will endlich seine Ruh' haben von diesem Schmarrn und nicht seine Freundschaft mit dem Sepp am End noch aufs Spiel setzen müssen. Dazu hat er nun wirklich keine Lust. Dann ordnet er mit einem leisen Seufzer an: »Die sollen prüfen, ob die Blutspuren auf dem Lappen mit der DNA von unserm Skelett übereinstimmen. Wo is'n des Skelett überhaupt?«

Der Alois sieht den Gustl etwas verwirrt an.

»In der Gerichtsmedizinischen halt.«

»Aha, habens' des noch ned nach Österreich überführt? Dem sei' Mutter will doch bestimmt, dass ihr Sohn ordnungsgemäß ein Grab kriegt, oder? Sein allerletztes, sozusagen ...«

Fast wär dem Alois ein Schmunzeln ausgekommen. Aber er reißt sich zusammen. Es geht ja schließlich um Mord. Da muss man schon ernst bleiben.

Der Gustl aber ist jetzt in der Zwickmühle. Er muss aufpassen, dass er keinen Fehler macht. Seine Seriosität muss gewahrt bleiben. Lieber rettet er seine Haut als dem Sepp seine. Das ist klar. Zu viel steht auf dem Spiel: Sein Haus ist noch nicht abbezahlt, und seine Frau, die Hannelore, hat schließlich auch so ihre Ansprüche. Himmel noch mal! Er darf sich nichts zuschulden kommen lassen. Er darf seinen sicheren Posten als Polizeihauptkommissar nicht gefährden.

Der Gustl schweigt, kratzt sich nur seinen mehr oder weniger kahlen Kopf. Dann fragt er misstrauisch: »Und wieso haben Sie dieses Beweisstück, wie Sie es nennen, immer noch? Nach zweiundzwanzig Jahren? Sie haben also damals bereits angenommen, dass Sie es irgendwann wieder brauchen könnten, wie?«

»Mein Gott, ich hab's halt in der Eile in meine Tasche gestopft. In so einer Situation kann man nicht mehr klar denken, was glaub'n denn Sie!«

»Sie brauchen mir gar nicht sagen, was ich glauben soll. Warum haben Sie so lange geschwiegen? Warum wollten Sie Ihr Gewissen nicht schon früher erleichtern? Warum?«

Der Gustl steht wieder vom Schreibtisch auf. Mit funkelnden Augen schaut er den Franz an. Wütend haut er mit der flachen Hand auf die Tischplatte.

»Warum haben Sie dem Mann damals nicht geholfen?«, brüllt er.

»Ich … ich konnt mich ned rühren. Ich konnt nichts tun. Wirklich. Ich war wie gelähmt«, antwortet der Franz japsend.

Der Gustl zieht die Augenbrauen hoch.

»Aha! Aber beiseiteschaffen, das konnten Sie ihn schon. Vielleicht verbuddeln, ja?«

»Hm?« Der Franz versteht nicht, was der Gustl sich da gerade in seinem Kopf zusammenspinnt.

»Eingraben, wenn Sie das besser verstehen.«

»Wieso eingraben? Wir haben den doch nicht eingegraben. Ins Gebüsch gezerrt haben wir ihn. Damit ihn nicht gleich jeder sieht.«

»Das können Sie Ihrer Großmutter erzählen.«

»Die ist leider tot.«

»Ha, ha, sehr witzig. Aber mit Witz kommen wir hier nicht weiter, Herr Mayer. Also noch einmal der Reihe nach: Sie behaupten also, dass Sie beide den Mann *nicht* vergraben haben. Wie kommt er aber dann dorthin, wo wir seine Knochen gefunden haben? Selber wird er sich ja wohl kaum sein Grab geschaufelt und sich hineingelegt haben …«

Der Franz stammelt eingeschüchtert: »Das weiß *ich* doch nicht. Ich hab keine Ahnung, ehrlich. Wir waren es jedenfalls nicht.«

Der Gustl verzieht sein Gesicht. Ihm kommt jetzt eine Idee, auch wenn er kein Kriminaler ist. Laut denkt er nach: »Jetzt nehmen wir einfach mal an, dass der Mann gar nicht tot war, wie Sie beide dachten. Wenn er vielleicht nur … bewusstlos war? Blutspuren auf einem Geschirrtuch beweisen noch lange keinen Mord. Aber wir warten besser erst einmal das Ergebnis der Kriminaltechniker ab. Alles Weitere werden wir dann den Kollegen von der Kripo überlassen.«

Er räuspert sich. Und zum Franz geneigt, meint er mit mahnendem Finger: »Sie halten sich jedenfalls in der nächsten Zeit zu unserer Verfügung.«

Der Franz nickt wortlos. Mit gesenktem Haupt erhebt er sich. Der Alois hält ihm mit gespielter Höflichkeit die Tür auf. »Nach Ihnen …«

Die Rache ist mein,
so spricht der Herr.
5. Mose 32,35

21

Mittwoch, 1. Juni, um neun Uhr fünfzehn bei der Kripo Regensburg

Der Franz ist gerade mit dem Auto in die Stadt gefahren. Die Kriminalpolizeiinspektion liegt im Stadtosten. Er ist schon etwas spät dran und hofft, dort gleich einen Parkplatz zu finden. Sie haben ihn für heute herbestellt. Er soll noch mal gehört werden. Der Kriminalbeamte, vor dem er jetzt sitzt, ist ein kleiner, gedrungener Mann mit hellgrauem, verschwitztem Hemd und dunkler Hose. Er schaut den Franz mit durchdringenden Augen an.

»Sie behaupten also, der Bürgermeister von Wörth, der Herr Josef Mühlbauer, hat im April 1989 in der Nähe der Gaststätte ›Zum Donauwirt‹ in Ihrem Beisein den Österreicher Martin Paulus getötet. Wir haben inzwischen die Ergebnisse der Laborproben. So viel ist sicher: Die Blutspuren auf dem Geschirrtuch stimmen vollkommen mit der DNA des Skelettes überein. Es handelt sich demnach um ein und denselben Mann.«

Der Franz schnauft durch. Er ist erleichtert, als er das hört. Teilsieg, denkt er mit einer gewissen Genugtuung.

Der Beamte beißt auf seiner Unterlippe herum. Dann erhebt er sich und geht im Zimmer auf und ab. Im Holster an seiner Hose steckt eine Walther PPK. Das ist hier üblich. Das flößt den Leuten automatisch Respekt ein.

»Also, nehmen wir einmal an, der Mann war nicht tot. Noch nicht, wohlgemerkt …«

Der Franz schnappt nach Luft. »Aber dann … dann hat ihn ja jemand anders kaltgemacht …«

»So könnte man es auch ausdrücken. Aber genau *das* kam Ihnen recht, Herr Mayer. Fassen wir also zusammen: Es hat eine Reiberei gegeben. Einen zunächst belanglosen Streit, der vor dem Wirtshaus eskaliert ist und bei dem dieser junge Österreicher nach dem Sturz auf einen Stein bewusstlos liegen blieb. *Sie* beide, Sie und Josef Mühlbauer, haben ihn dann sozusagen ›nur‹ beiseitegeräumt. Den Rest der Arbeit hat Ihnen offensichtlich ein anderer abgenommen. Ich frage Sie jetzt: Hat denn keiner von Ihnen später noch einmal dort nachgesehen, wo Sie den Mann hingeschleppt hatten? Ich meine, um sich zu vergewissern, ob er noch da ist?«

Der Franz druckst herum.

»Ja, schon, aber … Also gut. Ich bin am nächsten Tag gegen Abend noch einmal hingegangen, aber …«, er presst die Lippen zusammen, »… aber der Mann war nicht mehr da. Der war weg. Spurlos verschwunden. Richtig unheimlich war mir das, das können S' mir glauben. Ich hab sofort den Sepp angerufen und ihn gefragt, ob *er* den vielleicht weggeschafft hätt. Aber er hat mir geschworen bei allem, was ihm heilig ist, dass er seit dem verhängnisvollen Abend nicht mehr dort war. Ich hab's richtig mit der Angst zu tun gekriegt. Zum Sepp hab ich gesagt: Was ist, wenn der Mann doch noch gelebt hat? Wenn der wieder wach geworden ist? Ich war mir plötzlich meines Lebens nicht mehr sicher, glauben S' mir. Dieser Vorfall hat mich lange Zeit sogar bis in meine Träume verfolgt. Aber der Sepp hat mich immer wieder beruhigt und gesagt, der Mann hätt garantiert nicht mehr gelebt, und wenn doch, dann wär der sicher kurz darauf an seiner Verletzung gestorben. ›Sei doch froh, dass er weg ist‹, hat der Sepp nur ganz cool gemeint. Der war damals schon eiskalt. Eine Zeit lang hab ich auch geglaubt, dass der Sepp ihn womöglich doch selber weggeschafft hat …«

Der Beamte schaut ihn ein paar Sekunden eindringlich und sehr skeptisch an.

»Sei's drum! Aber jedenfalls wussten Sie beide all die Jahre, dass noch jemand im Spiel gewesen sein musste. Und Sie ahnten auch, dass das Skelett, das kürzlich gefunden wurde, wahrscheinlich von diesem Mann stammen würde. Ist es nicht so?«

Der Franz schlägt beschämt die Augen nieder. Er schaut auf den Boden.

»Herr Mayer«, spricht der Beamte weiter, »ich frage Sie nun: Wer war die dritte Person? Wer hat dem jungen Mann den Schädel derart eingeschlagen, dass er daran gestorben ist?«

Der Franz zuckt mit der Achsel. »Ich kann's Ihnen nicht sagen, ich weiß es nicht. Bei uns war keine dritte Person dabei, und gesehen hab ich auch niemanden, ehrlich.«

Der Beamte wirft einen Blick auf den vor ihm liegenden Brief.

»In dem Gutachten steht nämlich, dass das Skelett zwar eine leichte Schädelverletzung am Hinterkopf aufweist, darüber hinaus aber eine Fraktur des Nasenbeins, außerdem eine teilweise Zertrümmerung des Stirnknochens im oberen Bereich. Und an der rechten Hand fehlt der Ringfinger. Nach Meinung der Gerichtsmediziner ist der Mann mit an Sicherheit grenzender Wahrscheinlichkeit an seinen massiven Stirn- und Nasenverletzungen gestorben. Und noch etwas ...«

Der Beamte sieht ihn durch seine randlose Brille ernst an.

»... wir wissen, dass der Wagen, der nicht weit vom Fundort des Skeletts aus der Donau geborgen wurde, ebenfalls dem Österreicher gehört hat. Wollen Sie uns vielleicht nicht doch lieber *alles* erzählen, Herr Mayer?«

Dem Franz geht es zunehmend schlechter. Zum einen ist er von der Hitze zermartert, zum anderen lässt seine Konzentration durch den Schlafmangel immer mehr nach. Sein Magen knurrt auch schon zum Verrecken. Dann bricht es aus ihm heraus: »Okay. Sie haben gewonnen. Ich geb's zu. Ja, ich hätte der armen Sau helfen sollen. Ich hätte die Polizei holen sollen. Vielleicht bin ich mit schuld am Tod des Mannes.« Mit einem Mal wird ihm die ganze Tragweite des Vorfalls bewusst, und er versucht nun krampfhaft, sich so gut er kann herauszuwinden. »Aber mit dem Auto aus der Donau hab ich nix zu tun. Und eine dritte Person, ich sag's noch mal, war nicht dabei.« Er fixiert seinen Blick auf der Hand des Polizisten, die unentwegt mit einem Kugelschreiber spielt. Das macht den Franz noch nervöser. Er hat das Zittern seiner Hände nicht mehr im Griff. Darum schiebt er sie in die Hosentaschen. Damit der Beamte nicht sieht, wie unruhig er ist. Der braucht nämlich nicht mitzukriegen, wie sehr ihn das hier mitnimmt.

»Außerdem hab ich dem anderen Bullen doch schon gesagt, dass ich wie gelähmt war«, fügt er hinzu. »Waren Sie vielleicht schon mal in so einer Situation? Nein, waren Sie nicht. Sonst würden Sie jetzt nicht auf der anderen Seite von diesem Tisch hier sitzen. Warum ich so lang geschwiegen hab, wollen Sie wissen?«

Der Franz lacht süffisant.

»Ich hab zweiundzwanzig Jahre nix gesagt. Fast auf den Tag genau. Zu niemandem. Und das hätt auch ruhig so bleiben können, wenn ... wenn nicht der Hallodri, der Dammische, mit der Martha was angefangen hätt.«

»Ihre Frau«, vermutet der Beamte. Der Franz nickt.

Der Beamte ist leicht irritiert.

»Erklären Sie mir das.«

Verschämt wischt der Franz sich eine Träne aus dem Augenwinkel.

»Wissen S', der Sepp hat mir seinerzeit versprochen, wenn ich ihn nicht verpfeif, also, wenn ich nicht red über die ganze G'schicht, dann könnte er dem Hias eine Arbeit bei der Gemeinde verschaffen. Der Hias, also der Matthias, das ist mein Bruder. Der kann nicht gut gehen, versteh'n Sie? Der war eben schon immer benachteiligt durch seinen Geburtsfehler. Und deswegen hat er halt nur die Hilfsschul' g'schafft. Und so einem hätt' doch keiner eine Chance gegeb'n. Na ja, da hat ihn der Sepp halt bei der Gemeinde untergebracht, sozusagen als Gegenleistung. Damit ich mein Maul halt.«

Der Beamte setzt sich wieder. In seinem Gesicht zeichnet sich ein Anflug von Betroffenheit ab. Aber er ist da, um seine Arbeit zu machen. Und seine Arbeit besteht darin, die Wahrheit herauszufinden. Die ganze Wahrheit.

Weise mir, Gott, Deinen Weg,
dass ich wandle in Deiner Wahrheit!
Psalm 86,11

22

Am nächsten Tag, morgens um sechs Uhr fünfundfünfzig

Dunst liegt überm Wald. Die Luft ist feucht, und wenn man tief einatmet, riecht es schon nach Pilzen. Aber eigentlich gibt es ja noch keine. Allenfalls Maischwammerl, die aber selten in dieser Gegend sind. Dafür schaut es aus, als ob's heute ein richtig heißer Tag würde. Deshalb macht sich die neunzehnjährige Lisa Hofmeister auch so früh schon fertig für den Morgenlauf. Jede Woche fährt sie zweimal rüber zu dem kleinen Waldstück am südlichen Ortsrand von Wörth. Seit ein paar Wochen hat sie ihr Abitur in der Tasche und will sich die nächste Zeit vom Stress der vergangenen Wochen erholen. Sie schlüpft in ihre kurze weiße Sporthose, zieht ein ärmelloses T-Shirt darüber und bindet ihre langen blonden Haare zu einem Zopf. Die Turnschuhe hat sie schon an. Gut gelaunt fährt sie los. Auf dem Parkplatz am Waldrand steigt sie aus, setzt ihren Kopfhörer und die Sonnenbrille auf …

Sie läuft nun bereits knappe fünfzehn Minuten auf dem Schotterweg. Links und rechts wachsen Brennnesseln, Farne, Löwenzahn. Dieser Weg durchtrennt hier den Hochwald. Der Waldboden ist komplett mit Moos bewachsen. Das Moos überzieht alles. Baumstümpfe, Äste, Abfälle. Wie eine Decke, die alles zudeckt. Damit man nicht sieht, was drunter ist. Die nach und nach durchdringende Sonne taucht den Wald in mildes Licht. Lisas Atemzüge werden tiefer. Sie versucht, gleichmäßig zu atmen. Ein – aus. Schweißperlen laufen ihr über die Stirn ins Gesicht. Die Luft ist hier viel schwerer als außerhalb des Waldes. Sie wischt sich die Stirn mit dem Handrücken ab, keucht. Jetzt geht es bergauf. Aber sie ist geübt. Schließlich trainiert sie jede Woche hier. Bald nämlich findet der große Marathonlauf statt. Da möchte sie unbedingt dabei sein. Fast die Hälfte der Strecke hat sie geschafft. Jetzt biegt sie vom Weg ab. Läuft auf einem schmalen Pfad tiefer in den Wald hinein. Aber sie kennt sich gut aus hier. Beinahe jede Wurzel, jede Unebenheit ist ihr vertraut. In den Furchen steht das Wasser noch vom letzten Regen. Der Boden ist übersät mit Tannennadeln, Blättern und kleinen Zweigen. Ein rotbraunes Eichhörnchen huscht an ihr vorbei, klettert in Windeseile einen Baum hinauf. Sie kann einem dicken braunen Käfer gerade noch ausweichen, der sich mit schwerer Last vorwärtsquält. Dann sieht sie auf ihre Uhr: zwei Minuten noch. Gleich kann sie umkehren und wieder zurücklaufen. Ihr Oberteil ist klitschnass. Heute ist es auch besonders anstrengend.

Dann stockt ihr plötzlich der Atem. Gleichzeitig fühlt sie einen Stich in der Brust. Unvermittelt bleibt sie stehen und lässt einen gellenden Schrei los. Sie hält sich die Hände vors Gesicht, um nicht mehr zu sehen, was sie gerade gesehen hat. Und niemand hört sie. Niemand ist hier. Niemand, der sie jetzt an der Hand nehmen und beruhigen könnte. Dieses grauenvolle Bild, das sich ihr hier darbietet, brennt sich sofort in ihr Gedächtnis. Auch als sie schreiend den Weg zurückrennt, sieht sie es ununterbrochen vor sich. Sie läuft, als hätte sie den Teufel im Nacken. Die schwüle Luft registriert sie kaum noch. Ihren feuchten Körper spürt sie nicht mehr. Sie stolpert über eine Wurzel, kann sich gerade noch auffangen. Weg. Nur weg von hier. Dies ist der einzige klare Gedanke, den sie noch fassen kann. Endlich hat sie den Parkplatz erreicht. Ihre Hände zittern so stark, dass es ihr fast unmöglich ist, den Schlüssel ins Schloss des Wagens zu stecken. Doch irgendwann hat sie es geschafft. Sie startet den Motor und fährt mit quietschenden Reifen weg.

Nach nicht einmal fünf Minuten biegt sie in den Ort ein und steuert auf die Polizeistation zu. Mit letzter Kraft reißt sie die Eingangstür auf.

»Kommen S', schnell …«, japst sie.

»Schnell … der Bürgermeister … Er hat sich aufg'hängt. Drüben, im Wald. Der hängt da an einem Baum. An einem Seil … Oh Gott, is des furchtbar!«

Das Entsetzen steht ihr ins Gesicht geschrieben. Ihre mühevoll aufgebrachte Schminke ist verwischt. Sie schnappt nach Luft und hält sich schluchzend die Hände vors Gesicht. Aber das schreckliche Bild bleibt.

Der Alois, der gerade Dienst hat, legt tröstend seinen Arm um sie. Er gibt ihr ein Taschentuch. Ihr ganzer Körper dampft. Hier drinnen ist es noch wärmer als draußen, und der Ventilator in der Ecke wirbelt die ohnehin schon heiße Luft nur durcheinander. Durch das Geschrei ist der Gustl in seinem Zimmer nebenan hellhörig geworden. Er kommt rein. Als er vom Alois mitkriegt, was passiert ist, wechselt seine Gesichtsfarbe wie bei einem Chamäleon: von Rot zu Rosa zu Weiß. Aber es ist ein dreckiges Weiß. Wie die Wände in diesem Raum. Die Ecken an der Decke oben sind auch schon gelblich verfärbt. Dürften mal wieder gestrichen werden. Aber anscheinend interessiert das hier niemanden.

Der Gustl steht wie angewurzelt da. »Des gibt's doch ned. Des is ein Scherz.« Mehr bringt er grad nicht hervor. Aber in den Gesichtern vom Alois und der Lisa kann er lesen, dass es todernst ist und alles andere als ein Scherz. Er dreht sich um und starrt an die Wand. »Schei…« Schnell hält er sich aber die Hand vor den Mund, bevor er das Wort ganz ausspricht.

***

Den Franz haben die von der Kripo gestern wieder heimgeschickt. Aber er muss sich zur Verfügung halten. Und wegfahren darf er vorerst auch nicht, haben sie gesagt. Aber nach Wegfahren ist ihm jetzt so oder so nicht zumute. Den Leichnam des Bürgermeisters hat man, kurz nachdem die neunzehnjährige Lisa Hofmeister ihre Aussage gemacht hat, geborgen, und ein Leichenwagen hat ihn anschließend weggebracht. Die Neuigkeit vom Freitod des Bürgermeisters aber hat sich wie ein Lauffeuer im Ort verbreitet, und die Gerüchteküche brodelt wieder einmal aufs Heftigste.

Selig sind, die reinen Herzens sind;
denn sie werden Gott schauen.
Matthäus 5,7

23

Freitag, 3. Juni, um sieben Uhr früh bei der Martha

Die Martha erfährt es erst heute aus der Zeitung. Sie war gestern den ganzen Tag nicht da, weil sie ihre Schwester Irene in Passau besucht hat. Sie sitzt mit dem Franz am Frühstückstisch. Schweigend löffelt er sein Müsli. Plötzlich springt sie auf, feuert die Zeitung ins Eck und haut mit der Faust auf den Tisch, dass es grad so knallt. Dann geht sie auf den Franz los. Sie schüttet ihm ihre volle, heiße Tasse Kaffee übers Hemd.

»Bist du verrückt?«, schreit er völlig überrascht und mit schmerzverzerrtem Gesicht auf.

»Hast jetzt deine Genugtuung, ja? Da. Jetzt hast du's. Jetzt hat *er* sich um'bracht. Und du … du bist schuld. Du!«, kreischt die Martha. Dann bricht sie heulend zusammen.

Der Franz steht auf mit seinem nassen Hemd, bückt sich nach der Zeitung. Er liest den Artikel und wird kalkweiß. Minutenlang steht er wie versteinert da. Die Zeitung hält er verkrampft in der Hand. Dann wird ihm plötzlich schlecht. Er läuft aufs Klo, muss sich übergeben. Schade um das Müsli. Und während sein Kopf noch über der Kloschüssel hängt, kommt ihm die Erkenntnis: Wenn ich geahnt hätt, dass der Sepp sich aufhängt, hätt ich gar nicht erst zur Polizei gehen brauchen. Ich Vollidiot. Dann tät ich jetzt auch nicht mit drinhängen in der Scheiße.

Sein Nebenbuhler ist ja nun sozusagen beseitigt.

Nach einiger Zeit rafft er sich auf, putzt alles weg und betätigt die Toilettenspülung. Dann geht er zurück ins Esszimmer. Die Martha sitzt stumm auf der Eckbank. Ihre Augen sind starr. Die Haare kleben ihr nass von den Tränen im Gesicht.

»Warum hat er das getan? Warum?«, fragt sie, obwohl

sie eigentlich gar keine Antwort darauf will. Es würde ja sowieso nichts mehr helfen. Tot ist tot.

Der Franz wischt sich mit dem Handrücken über den Mund. Er hat noch immer einen faden Geschmack im Mund. Er geht zur Kaffeemaschine und schenkt sich eine neue Tasse ein. Das Hemd mit dem Kaffeefleck hat er immer noch an. Aber es ist ihm egal. Er sucht krampfhaft nach einer Erklärung.

»Ich denk, der Sepp hat einfach durchgedreht, wie du es ihm gesagt hast. Ich mein, dass ich zur Polizei gehen würde und so ... Dem muss wohl bewusst geworden sein, dass er mit einem Schlag alles verloren hätte: dich, sein Gspusi, mich, seinen Freund, und vor allem sein Ansehen als Bürgermeister. Wenn des dann auch noch an die Öffentlichkeit gekommen wär, hätte der seinen ›Bürgermeister‹ sowieso vergessen können. Ich kann mir gut vorstellen, dass der das alles einfach nicht mehr gepackt hat und dass das der Grund war, warum er Schluss gemacht hat. Feig ist er ja schon, gell?« Er streichelt Marthas Arm.

»Lass mich«, faucht sie. »Das rettet unsere Ehe jetzt auch nimmer.«

Er weicht zurück.

Daran wird jedermann erkennen,
dass ihr meine Jünger seid,
so ihr die Liebe untereinander habt.
Johannes 13,35

24

Samstag, 4. Juni

Der Franz kriegt heute schon ganz früh Besuch von der Kripo. Er schaut erst durch die Gardine, aber er muss aufmachen. Sonst würden die ja ein anderes Mal wiederkommen.

Sein Herz klopft.

Was wollens' denn jetzt noch von mir? Hab doch schon alles gesagt, denkt er. Er öffnet mit mulmigem Gefühl.

Die beiden Männer kommen rein.

»Herr Mayer, es gibt einen Zeugen, der gesehen hat, wie Sie und der verstorbene Herr Josef Mühlbauer an jenem Abend im April 1989 einen Wagen in die Donau geschoben haben.« Der Beamte macht ein ernstes Gesicht, während der andere etwas gelangweilt das Hirschgeweih an der Wand im Treppenhaus anstarrt.

Der Franz schaut jetzt auch das Hirschgeweih an. Dann stottert er nur noch rum. Er weiß nicht recht, was er sagen soll. Aber er muss schon höllisch aufpassen, dass er sich nicht um Kopf und Kragen redet. Dass er sich nicht selber noch mehr als nötig in die ganze Sache reinreitet. Er wollt ja ursprünglich dem Sepp nur einen Denkzettel verpassen. Aus Rache, aus verletzter männlicher Eitelkeit wollte er ihn hinhängen.

»Wer hat das behauptet?«, fragt er, um abzulenken und Zeit zu gewinnen. Und diese Zeit reicht aus, dass ihm blitzartig ein Gedanke kommt: der Pfarrer. Der war doch damals plötzlich am Ufer aufgetaucht. Verdammt, an den hatte er gar nicht mehr gedacht. Und der Sepp hat doch zu dem irgendwas von g'schlamperten Bildern gesagt. Mit irgendwelchen Burschen drauf. Dass der doch noch zur Polizei gehen würde, damit hat der Franz überhaupt nicht gerechnet. Nach der langen Zeit. Weil der Pfarrer ja anscheinend selber was zu verbergen hatte. Was der Sepp eigentlich damit zu tun gehabt hat, weiß der Franz auch nicht. Aber das spielt jetzt keine Rolle mehr. Er kann ihn ja nun nicht mehr fragen.

»Weiß schon, wen Sie meinen. Den Herrn Pfarrer, gell? Aber der, der braucht gar nix sagen, ja, ja. Der hat selber Dreck am Stecken. Ja, ja. Da gibt's ein paar schöne Bilder …« Der Franz nickt bekräftigend.

»Soso, Bilder. Welche Bilder?« Das Interesse des Beamten hält sich in Grenzen.

»Da müssen S' den Herrn Hochwürden schon selber fragen. Damit hab *ich* nix zu tun.«

Der Beamte verzieht genervt die Mundwinkel. »Das kennen wir nun schon von Ihnen: nix damit zu tun haben. Das ist wohl Ihre Standardaussage, wie? Wollen Sie allen Ernstes noch immer behaupten, mit dem Wagen aus der Donau nichts zu tun zu haben, Herr Mayer? Geben Sie's doch zu. Es wäre mit Sicherheit besser für Sie. Oder wollen Sie uns noch einmal eine Kostprobe davon geben, was für ein schlechter Lügner Sie sind?« Dem Beamten drückt's richtig die Adern am Hals heraus, so brüllt der jetzt rum.

Er stellt sich vor den Franz, stemmt die Arme in die Seite. »Vielleicht ist das Auto ja auch von selbst in die Donau gefahren, was?«

Der Franz zuckt zusammen. Er weiß, dass er jetzt in der Falle sitzt. Wenn der Pfarrer eine Aussage gemacht hat, dann bleibt ihm keine Wahl mehr. Er holt tief Luft, reißt gleichzeitig seine Augen auf und schreit: »Ist ja gut! Okay, ist eh schon alles wurscht jetzt. Ja, ich geb's zu, ich geb alles zu. Wir *haben* den BMW ins Wasser geschoben. Aber es war dem Sepp seine Idee, gell! Das möchte ich schon noch extra betonen.«

Der Beamte wackelt abfällig mit dem Kopf.

»Als ob das jetzt eine Rolle spielen würde. Sie haben Beihilfe geleistet, das zählt.«

***

Am selben Morgen gegen halb neun in der Kirche St. Petrus

Endlich ist es draußen, das Gewissen erleichtert. Er konnte nicht mehr länger leben damit. Nach all den Jahren des Schweigens hat der Pfarrer vor zwei Tagen ausgesagt. Er hat auf Bitten von der Maria hin das von Xavers Beichte erzählt und auch die Namen der beiden genannt, die damals das Auto in der Donau versenkt haben.

Der Pfarrer steht in seiner Kirche. Er kniet vor dem Allerheiligsten. Bittet den Gekreuzigten um Absolution.

»Quid pro quo.«

Er will sich reinigen. Von seiner Schuld befreien. Das Wissen war seine Schuld. Doch er wird hier nicht mehr bleiben. Nicht an diesem Ort, in dem in den letzten Tagen so viel passiert ist. Das Unheil ist auferstanden. Aus der Vergangenheit in die Gegenwart zurückgekehrt. Wie eine Wasserleiche, die untergegangen ist und plötzlich wieder auftaucht. Er kann es hier nicht länger aushalten. Von seiner Kanzel predigen, als wenn nichts geschehen wäre? Nein. Nicht nach dem, was passiert ist. Er braucht sich jedoch nicht die Frage zu stellen, ob er den Tod des Bürgermeisters hätte verhindern können. Nein, daran ist er nicht schuld. Bestimmt nicht. Aber er war selbst von Anfang an in die Geschichte verwickelt. Das hat sein Leben ruiniert. Keine Nacht hat er mehr ruhig schlafen können. Seit zweiundzwanzig Jahren. Das ist eine lange Zeit. Eine Zeit, um sich selber kaputtzumachen. Innerlich wie äußerlich. Er schaut in den Spiegel. Er ist ein Wrack unter seinem Talar. Die Beamten haben Wind von den Fotos bekommen, aber seine eigenen existieren ja zum Glück nicht mehr. Und der Bürgermeister seinerseits kann ja auch keine Angaben mehr zum Verbleib der restlichen Bilder machen. Das ist zum einen Teil beruhigend, zum anderen Teil aber auch nicht. Weil sich der Pfarrer nämlich nie sicher sein kann, dass sie nicht eines Tages doch noch irgendwo auftauchen. Er erhebt sich demütigen Hauptes, geht in Richtung Sakristei. Sein Blick streift im Vorbeigehen ein Bild an der Wand, das den Gekreuzigten zeigt: »Vita mutatur, non tollitur«, *steht handschriftlich am unteren rechten Rand. »Das Leben wird gewandelt, nicht genommen.« Er liest es und nickt.*

Seid stets bereit, Rede und Antwort zu stehen,
wenn jemand von euch Rechenschaft fordert
über die Hoffnung, die in euch ist.
1. Petrus 3

25

Montag, 6. Juni

Ich hab die Maria ins Büro vom Gustl begleitet, da sie ihm noch einen Schirm und den dunkelblauen Sommermantel vom Georg bringen will. Weil der Gustl selber keinen hat für solche Anlässe. Um vierzehn Uhr ist die Beerdigung vom Bürgermeister. Da kommen sie. Alle und alles, was Rang und Namen hat. Oder zumindest Selbiges zu haben glaubt. Der Gustl wirkt unruhig und schleicht nervös in seinem Zimmer hin und her. Grad, wie wenn *er* der Mörder wäre.

»Beeil dich, sonst verpasst' noch das Beste.« Die Maria hilft ihm schnell in den Mantel. Zum Glück passt er einigermaßen. Der lässt ihn aber auch nicht besser aussehen.

Heute ist es regnerisch und nasskalt. Ein typisches Beerdigungswetter.

»Was soll denn das jetzt wieder heißen?« Er schaut die Maria mit geübt strengem Blick an. So schaut er auch immer, wenn er einen Verdächtigen vor sich hat. Das macht dann von Haus aus Eindruck. Psychologischer Trick.

Sie aber grinst nur. »Ein feiger Hund is er ja schon, gell?«

Der Gustl senkt den Kopf.

»Über Tote red't man nicht g'schert. Bei dem habens' übrigens in der Hosentasche einen Abschiedsbrief gefunden.«

»Ach ja? Und was hat dringestanden?«, fragt die Maria neugierig.

Der Gustl seufzt.

»Schlimm, schlimm. Er muss wohl Torschlusspanik gekriegt haben. Er wusste, dass er so oder so erledigt war. Ein Bürgermeister unter Mordverdacht und mit einer Affäre am Hals. Aus dem Brief war herauszulesen, dass er sich nimmer herausgesehen hat aus seinem Schlamassel. Aber dass er gleich so etwas macht … Das hätt ich ihm eigentlich nicht zugetraut. So kann man sich halt in einem Menschen täuschen.«

Er geht zum Fenster, stützt die Hände aufs Fensterbrett und seufzt wieder. Dabei wackelt er bedeutsam mit dem Kopf.

»Ja, ja, und wenn's bei de' Männer um d' Weiber geht, werden die nicht mehr vom Kopf aus gesteuert, sondern von woanders her«, meint die Maria augenzwinkernd, dem Ernst der Lage zum Trotz. »Vergiss ned deinen Schirm.«

Der Gustl quetscht den schwarzen Knirps unter seinen Arm und geht zur Tür. »Pfiat euch, Madl'n.«

»Servus, Bruderherz.« Sie sieht ihm nach. Er hat den Kopf eingezogen unter seinem Mantelkragen. Nur der fettige graubraune Haarkranz schaut hervor. Sein Gang ist rechtslastig und schlürfend. »Der hat auch schon bessere Tage g'seh'n«, raunt die Maria mir zu, nimmt ihre Jacke, und wir gehen.

Seid fröhlich in Hoffnung,
geduldig in Trübsal,
haltet an am Gebet.
Römer 12,12

26

Zwei Wochen später in meiner Pension

Ich hab das ganze Trara um die Beerdigung mehr oder weniger nur am Rande mitbekommen. Dass diese Geschichte aber solche Ausmaße annehmen würde, hätt ich mir noch vor ein paar Wochen im Traum nicht gedacht. Und dass sich der Bürgermeister umgebracht hat, das haben sowieso kurz danach die Spatzen von den Dächern gepfiffen. Das hätte einem gar nicht entgehen können. Die Leute haben ja an allen Ecken gestanden und darüber geredet. Da hab ich schon eine Gänsehaut bekommen, wie ich das erfahren hab. Bei der Beerdigung aber wollten die Maria und ich nicht dabei sein. Ist auch nicht so mein Ding, Beerdigungen. Im arabischen Raum aber soll es Frauen geben, sogenannte Klageweiber, die damit ihr Geld verdienen. Die lassen sich anheuern, um bei Beerdigungen den Hinterbliebenen etwas vorzuheulen. Was es doch alles gibt.

Der Pfarrer hat der Maria vor Kurzem erzählt, dass er eine Aussage gemacht hat. Leider zu spät. Genau an dem Tag hatte der Bürgermeister bereits Selbstmord begangen.

Momentan aber hält mich die Maria telefonisch auf dem Laufenden. Sie ist ja inzwischen umgezogen. Über ihren Bruder kriegt sie alles aus erster Hand mit. Sie hat mir unter anderem gesagt, dass der Pfarrer ganz plötzlich vom Ort weggezogen sei. Aus gesundheitlichen Gründen hätte er sein Amt niedergelegt, heißt es. Ich weiß nicht, was genau dahintersteckt, aber bestimmt hat das mit dem Fall zu tun. Ich geh ja nicht in die Kirche. Seitdem die Tante Lisbeth gestorben ist, war ich nicht mehr. Und das ist schon eine Zeit lang her. Aber vielleicht sollte ich auch mal wieder gehen. Vielleicht sollte ich beichten. Ja, ich hätt auch was zu beichten … Gnädiger Gott, verzeih mir! Ich bin ein unkeusches Weib gewesen. Ich bin eine Ehebrecherin. Aber, bin ich es wirklich? Zumindest habe ich etwas getan, was ich tunlichst vor der Maria zu verheimlichen versuche. Ja, ich habe ein schlechtes Gewissen. Auch wenn sie sich jetzt vom Georg getrennt hat und in Kleinkiefenholz in ihrem Häusel wohnt. Aufm Papier zumindest sind die beiden noch verheiratet. Und ihren Ring trägt sie auch noch. Er nicht.

Jedenfalls bereue ich es jetzt schon, dass ich ihn vor einigen Tagen abends bei mir hereingelassen hab, nachdem die beiden sich zuvor wieder gestritten hatten, dass die Fetzen flogen. Ich wollt ihn ja auch erst gar nicht hereinlassen. Hab wohl geahnt, wohin des führen könnt. Ich versteh mich selber nicht. Und im Geheimen muss ich mir immer wieder ausreden, dass ich den Georg, samt seinem komischen Gehabe, als Mann interessant finde. Ja, er hat schon was. Er hat schöne Augen. Kalte blaue Augen. Aber schöne kalte Augen. Ich bin nicht standhaft geblieben, so wie letztes Mal, habe nicht den Stielkamm genommen und ausgeholt.

Nein. Diesmal hab ich es zugelassen. Und es war gut. Hat sich ja schon lang kein Mannsbild mehr zu mir gelegt gehabt. Aber eine Beziehung mit dem? Das möchte ich trotzdem nicht. Ich nehme keine abgelegten Männer. Und schon gar keine abgelegten Männer von Freundinnen. Es ist und bleibt ein One-Night-Stand. Das hat der Georg auch gesagt. Aber jetzt? Müsst ich mich jetzt dafür nicht schämen? Dafür, dass ich ihr den Exmann weggenommen hab? Müsst ich das nicht dem Pfarrer beichten? Oder zumindest der Maria? Ich weiß es nicht. Aber wenigstens hab ich noch einen Hauch von einem Gewissen. Wenigstens das.

Siebenmal habe ich nun schon beim »Donauwirt« gearbeitet. Hab jetzt alles gut im Griff. Geschirr abräumen, in den Geschirrspüler reinstellen, einschalten, dazwischen das andere, was anfällt, erledigen. Dann ausschalten, den Geschirrspüler wieder aufmachen und ausräumen. Immer das Gleiche. Aber es bringt Geld. Denn irgendwann ist ja das Erbe von der Tante Lisbeth auch aufgebraucht. Und besser als Putzengehen ist die Arbeit hier in der Kuchl allemal. Den Georg seh ich aber nicht oft dort. Weiß nicht, wo der sich immer herumtreibt. Die Helga ist auch manchmal da und hilft mit. Ich glaub, das ist seine Neue. Bin mir aber nicht sicher, ob er tatsächlich was mit ihr hat. Die Maria hat inzwischen eine neue Arbeit gefunden. Sie näht jetzt Vorhänge für ein Möbelhaus in Straubing. Sie ist ja gelernte Näherin.

»Bist jetzt zufrieden, wie die G'schicht mit dem Sepp ausgegangen ist? Du mochtest ihn doch ohnehin nicht besonders«, frag ich beiläufig während eines unserer zahllosen Telefongespräche.

»Ich hab mir schon gedacht, ob da nicht noch was Schlimmes passiert mit dem, wenn die Sache erst mal aufkommt. Ein feiger Hund war der ja in gewisser Weise schon immer. Eiskalt, aber feig.« Sie macht eine Pause, und ich weiß genau, dass sie jetzt wieder an ihrer Zigarette zieht und darum nicht weitersprechen kann. Dann höre ich sie den Rauch hinausblasen. Lag ich also richtig mit meiner Vermutung.

»Und diese Lisa … Das arme Mädel. Was muss die für einen Schrecken bekommen haben. Wenn ich mir vorstelle: Da machst nichts ahnend einen Waldlauf – und dann hängt da plötzlich einer an einem Baum.«

Es zieht mir gleich unangenehm den Magen zusammen, während die Maria das sagt.

Den Franz, also den Mann von der Martha, haben sie wieder gehen lassen, erwähnt die Maria noch.

»Aha«, antworte ich und bin ein bisschen verwundert. »Aber, weißt du, Maria, eigentlich haben *wir beide* das Ganze ja erst ins Rollen gebracht. Ich mein, wenn der Fritzl und die Lady nicht gewesen wären, würd der arme Mann noch immer in seinem unfreiwilligen Grab liegen.«

»Da hast du recht, aber weißt du das Neueste? Der Gustl hat mir gesagt, dass die beiden den Österreicher gar nicht wirklich umgebracht haben. Da muss noch ein anderer im Spiel gewesen sein. Soll ich die Tante Minna noch einmal fragen?«, meint sie scherzhaft.

»Nein. Lass das mal lieber. Das sollen die bei der Polizei selber herausfinden. Wir haben schon genug mitgeholfen, Maria«, wehr ich energisch ab und spür trotzdem mein Herz klopfen. Ich will am liebsten nichts mehr mit der Sache zu tun haben. Gar nichts mehr. Schlimm genug, dass da einer umgebracht worden ist und ein anderer sich deswegen umgebracht hat.

Keine von uns beiden ahnt zu diesem Zeitpunkt, welch dramatische Wende »unser« Fall noch nehmen wird …

Gott will, dass allen Menschen geholfen werde
und dass sie zur Erkenntnis der Wahrheit kommen.
1. Timotheus 2,4

27

Dienstag, 21. Juni, gegen acht Uhr vorm Haus von Kathi Winkler

Der Toni steht vorm Haus von seiner Mama. Er soll nach dem Rechten sehen, solange sie bei der Traudl ist. Die Traudl ist seine Tante. Also die Schwester von der Mama. Der Mann von der Traudl ist erst vor Kurzem gestorben, und nun ist sie für zwei Wochen zu ihr gefahren. Ja, er kann auch über Nacht dableiben, wenn er will, hat sie gesagt. Hauptsache, jemand schaut nach und holt die Post aus dem Briefkasten. Doch im Briefkasten ist nichts außer haufenweise Reklame. Aber die Mama ist ja auch schon über eine Woche weg. Da wird's schon Zeit, dass er mal nachschaut. Er kramt in seiner Hosentasche nach dem Schlüssel. Betatscht sich von allen Seiten, bis er ihn endlich findet. Er steckt ihn ins Schloss und öffnet die Tür. Als er den schmalen Korridor entlang ins Wohnzimmer geht, schlägt ihm ein penetranter Geruch entgegen. Er muss sich ein Taschentuch vor die Nase halten, sonst hält er den Gestank gar nicht aus. Die Jalousien sind heruntergelassen. Er will das Licht anknipsen. Es geht nicht. Er versucht es bei einem anderen Schalter. Geht auch nicht. Stromausfall.

»Mist«, flucht er. »Auch das noch.«

Vorsichtig tastet er sich im Dunkeln zum Fenster. Ein schmaler Lichtstrahl drückt sich durch die Ritzen. Toni packt das Rollo und reißt es hoch. Auf der Hälfte klemmt es aber. Doch zumindest sieht er jetzt halbwegs etwas. Wenn nur dieser grauenvolle Gestank nicht wäre. Wo der bloß herkommt? Er geht in die Küche. Eine richtige Küche ist es ja nicht. Nur eine Wand trennt sie vom Wohnzimmer. Ein Wohnzimmer mit integrierter Küche sozusagen. Der Teppichboden in der Küche ist feucht, als der Toni drauftritt. Reflexartig zieht er den Fuß zurück. Den widerlichen Geruch nimmt er hier noch stärker wahr. Wie nach verdorbenem Fleisch riecht es.

»Scheiße.« Gerade ist ihm der Gedanke gekommen, dass durch den Stromausfall wahrscheinlich der Kühlschrank ausgefallen ist. Daher der Geruch. Und der nasse Fleck am Boden. Das kann er so nicht lassen. Das modert ja. Da würde die Mama wieder Theater machen. Also zieht er eine Alditüte aus dem Besenschrank, kniet sich hin und öffnet den Kühlschrank. Er räumt alles heraus. Kann man sowieso alles nur noch wegschmeißen, denkt er. Eier, Butter, ein Packerl mit verschimmelten Karotten, vergammelte Frischwurst in Pergament. Wer weiß, wie lange das Zeugs da schon dringelegen hat.

Da ist ja der Übeltäter, denkt er und schaut angewidert auf ein in Folie verpacktes, stinkendes Stück Käse, das ganz hinten eingequetscht zwischen den anderen Lebensmitteln liegt. Er packt es mit zwei Fingern und lässt es in die Abfalltüte fallen. Dann knotet er die Tüte zu und wirft sie in die schwarze Aschentonne vor dem Haus. Er geht in die Wohnung zurück. Doch der widerliche Geruch ist immer noch da. Er reißt die Terrassentür auf.

»Des gibt's doch ned«, stöhnt er genervt. Er wollte doch nur kurz herkommen, um zu schauen, ob alles in Ordnung ist, und jetzt muss er seine Zeit mit so einem Schmarrn verbringen. Denn eigentlich wollt er ja gleich aufn Fußballplatz. Er geht dem Geruch nach. »Na, ein bisserl weniger stinkt's jetzt, das Schlimmste muss wohl der Käse gewesen sein.«

Der Geruch führt ihn wieder zum Kühlschrank. Vielleicht ist da ja doch noch was drin? Etwas, das er übersehen hat?

»Aha, das Gefrierfach«, stellt er fest. Das hat er übersehen. Der Geruch wird penetranter, als er die Tür vom Gefrierfach öffnet. Er weicht zurück. Angeekelt räumt er auch dieses aus. Aber viel ist ja eigentlich nicht drin:

eine Packung Buschbohnen, ein paar Bratwürstel in einer zerbrochenen Tupperdose, ein großer Becher mit geschmolzenem Vanilleeis. Und noch eine kleine Dose aus Kunststoff. Er stellt alle Sachen auf den Boden. Soll er die Würstel gleich mitsamt dem Behälter wegwerfen? Besser wär es, dann muss er sie nicht anfassen. Und die andere kleine Dose wirft er am besten auch gleich weg. Aber schauen will er vorher doch noch, was drin ist. Irgendetwas Längliches kann er von außen erkennen. Eine Wurst, vermutet er. Er hält die Dose in der linken Hand, mit der rechten lupft er den Deckel – und lässt im selben Moment einen entsetzten Schrei los. Er presst den Deckel schnell wieder drauf und schleudert die Dose weg. Der Gestank, der da herauskommt, ist bestialisch. Sofort hat er gesehen, dass da keine Wurst drin liegt. Nein, es ist keine Wurst, auch nicht so was Ähnliches. Es ist etwas … etwas furchtbar Grauenvolles. Er kann keinen klaren Gedanken fassen. Ihn überkommt eine undefinierbare Angst. Übelkeit breitet sich in ihm aus. Er möchte am liebsten sofort abhauen. Vergessen, was er da gerade gesehen hat.

Er hastet auf die Terrasse. Jetzt braucht er erst einmal frische Luft. Mit zittrigen Händen zündet er sich eine Zigarette an und saugt gierig das Gift in sich rein. Allmählich wird er ruhiger. Aber eine ganze Weile steht er nur da. Regungslos. Denn er kann nicht glauben, was er in dieser Dose gefunden hat. Er nimmt einen letzten, tiefen Zug aus der Zigarette. Knüllt die leere Schachtel zusammen und wirft sie in den gläsernen Aschenbecher auf dem kleinen Gartentisch neben der Tür. Die Zigarette drückt er am Boden aus und kickt sie ins Gras. Dann geht er wieder hinein. Diese kleine Plastikdose, in der er einen menschlichen Finger entdeckt hat, liegt immer noch dort auf dem Boden, wohin er sie in seiner Panik geworfen hatte. Er hebt sie auf. Öffnet sie noch einmal. Ganz langsam. Ganz vorsichtig. Er dreht sein Gesicht angewidert zur Seite. Dann schielt er hinein. Noch nie in seinem Leben hat er etwas so Entsetzliches gesehen. Doch so lange er auch hinsieht, es ist keine Täuschung. Es *ist* ein menschlicher Finger, der bereits in Verwesung übergegangen ist. Anscheinend ist es der Ringfinger, denn ein Ring steckt noch daran. Bläulich weiß verfärbt und richtig tot sieht der Finger aus. Ein paar Hautfetzen hängen weg. Ein Stück Knochen ragt heraus. Das ist zu viel für einen Zweiundzwanzigjährigen. Ihm wird schlecht, und es würgt ihn fast bis zum Erbrechen. Aber wohin nun damit? Auch in die Mülltonne? In die Mülltonne? Geht das? Der Angstschweiß steht ihm jetzt auf der Stirn. Er versucht dennoch, klar zu denken: Wenn ich hier einen Finger finde, fehlt dieser Finger woanders.

Diese Folgerung erscheint ihm logisch. Offensichtlich wurde dieser Finger jemandem mit Gewalt abgerissen. Oder abgehackt. Oder beides. Das kann er im Moment nicht unterscheiden. Er stellt die Dose mit dem Finger auf die Spüle. Er erträgt es nicht mehr, das Ding in der Hand zu halten. Wenn der Finger herausfallen würde … Und womöglich auf den Teppich … Dann müsst er ihn ja aufheben – mit *seiner* Hand. Er betrachtet seine Hand. Da sind noch alle Finger dran. Dann starrt er wieder auf den leblosen Finger in der Dose. Ein großer, dicker Finger. Sieht aus, als wär er von einem Mann. Aber genau kann der Toni das natürlich nicht beurteilen.

»So sieht man also aus, wenn man tot ist«, folgert er schockiert. Ihm wird schwindelig. Finger abgehackt, okay. Aber wie kommt der in den Kühlschrank von der Mama? Darauf findet er keine vernünftige Antwort. Und überhaupt – wer hebt schon einen abgehackten Finger auf? Und wieso?

Ich bring den mal lieber zur Polizei, denkt er. Er ist sich auch sicher, dass er damit nichts falsch machen kann. Er wird den Finger samt Behälter den Bullen überlassen. Sollen die doch herausfinden, wem der gehört. Wenn das die Mama wüsste. Aber die hat den sicher auch nicht da hineingelegt. Wofür auch? Da graust's einen doch. Er weiß nicht, was er denken soll. Also nimmt er die Dose und lässt sie in eine Tüte gleiten. Dann verlässt er die Wohnung.

***

Eine Stunde später auf der Polizeistation im Ort

Der Gustl hat schon mit den Kollegen von der Kripo telefoniert. Er schwitzt. Mit dem Handrücken wischt er sich über die Stirn, dann wischt er den Handrücken an seiner Hose ab.

»Des wird ja immer spannender. Also, so was hab ich ja meiner Lebtag noch ned g'habt«, murmelt er zu sich selbst, denn der Alois ist grad schon los. Er fährt mit dem Finger in der Dose zu den Kollegen nach Regensburg.

»Und ja nicht verlieren«, hat der Gustl ihn noch gemahnt. Aber der Alois ist im Allgemeinen ja zuverlässig. Der hat noch nie was verloren. Und erst recht kein Beweisstück. Beweisstück deswegen, weil der Gustl nämlich schon wieder kombiniert: Ein abgehackter Finger im Gefrierfach ist kein Zufall. Braver Bub, der Toni, dass der den auch gleich schön hergebracht hat. Im Gutachten des medizinischen Instituts steht ja unter anderem, dass dem im Waldstück gefundenen Skelett ein Finger fehlt. Da liegt der Verdacht schon nahe, dass … Dann schüttelt er den Kopf. Ein schrecklicher Gedanke.

Lass dich durch nichts erschrecken und verliere nie den Mut;
denn Ich, der Herr, dein Gott, bin bei dir, wohin du auch gehst!
Josua 1,9

28

Am nächsten Tag gegen Mittag

Zwei Kripobeamte klingeln bei Kathi Winkler. Sie ist bereits am Vorabend zurückgekommen. Sie hatte einen Streit mit der Traudl gehabt und den Aufenthalt bei ihr vorzeitig abgebrochen. Eigentlich wollte sie noch bis Sonntag bleiben. Weil der Toni ja zuverlässig ist. Und wenn der ihr verspricht, er schaut nach dem Rechten, dann tut er das auch. Meistens jedenfalls.

Sie öffnet die Tür.

»Was wollt's denn ihr schon wieder?« Diesmal ist ihr Ton unfreundlich.

»Wir hätten noch ein paar Fragen. Dürfen wir reinkommen?«

»Bitte.« Sie schließt die Tür. Es ist ein regnerischer, trüber Tag, aber in der Wohnung brennt dennoch kein Licht.

»Kein Strom da«, sagt sie mit einer abfälligen Handbewegung und deutet zum Verteilerkasten im Gang.

»Gesperrt?«, fragt einer der Beamten. Aber aus seinem Mund klingt's fast schon wie eine Feststellung. Er rümpft die Nase. Ein abgestandener Geruch fällt ihm in der Wohnung auf. Er kommt auch gleich auf den Punkt: »Frau Winkler, Sie sind vorläufig festgenommen wegen des dringenden Verdachts der Ermordung von Martin Paulus.«

In dem Moment schließt der Toni die Haustür auf. Weil er ja noch den Schlüssel hat. Er wollte nur noch mal kurz herschauen, bevor die Mama wiederkommt. Wegen dem Geruch. Er kann ja nicht wissen, dass sie schon längst da ist.

»Toni, hast du …?« Kathi Winkler wird schlagartig alles klar. Dass die Polizei hier ist, hat sie ihm zu verdanken. Sie sackt auf dem Stuhl zusammen.

»Wollen Sie uns vielleicht etwas erklären, Frau Winkler? Zum Beispiel, wie der Finger von Martin Paulus in ihren Gefrierschrank kommt?«

Ihr Blick wird starr. Sie fixiert die chinesische Bodenvase mit den Kunstblumen, die in einer Ecke steht. Eingequetscht zwischen einem Stapel Obstkisten. Aber die Vase ist nur ein Billigimitat aus Osteuropa. Kathi Winklers Augen sind gerötet. Sie presst die Lippen aufeinander. Hat Mühe, die Beherrschung nicht zu verlieren. Dann reißt sie plötzlich den Kopf hoch und fängt an zu schluchzen.

»Oh Gott! Niemals werde ich seine Augen vergessen! Diesen Blick, wie er mich angesehen hat! Diesen letzten Augenblick. Bevor ... bevor ich ... zugeschlagen habe.«

Kathi Winkler wirkt fahl. Es scheint, als würde in diesem Moment alles Leben von ihr weichen. Sie vergräbt ihr Gesicht in den Händen. Will der Wahrheit nicht ins Auge sehen. Zum letzten Mal die Wahrheit verdrängen. Eine Wahrheit, die lange zurückliegt. Doch nicht lang genug, um sie vergessen zu können. Sie hat mit den Jahren zwar gelernt, die Vergangenheit zu verdrängen. Aber diese Augen, diese Augen voller Todesangst ... Die hat sie nie vergessen können. Keinen Tag, keine Nacht. Der Alkohol wurde ihr Helfer. Er deckt die allgegenwärtigen Augen des Todes zu. Verschleiert die Wahrheit. Doch die Realität hat sie immer wieder eingeholt. Zerbrochen ist sie daran. An dieser Schuld. Eine Schuld, die nicht mehr rückgängig zu machen war. Was aus ihr geworden ist? Ein Wrack – ein elendes! Und jetzt sitzt sie vor zwei Kripobeamten und erzählt stockend, aber minutiös, was an jenem 25. April des Jahres 1989 tatsächlich passiert ist:

»Wir waren beim ›Donauwirt‹. Fast den ganzen Abend. Wir haben erst dort zu Abend gegessen. Wurstsalat. Mit viel Zwiebeln. Das war sein Lieblingsessen.« Sie räuspert sich.

»Kurz vor halb zwölf bin ich gegangen. Hab ja immer ziemlich früh aufstehen müssen, wegen dem Job bei der

Post. Aber das wissen Sie ja schon. Das hab ich ja letztes Mal schon gesagt.« Sie schweigt. Zu lange für die Beamten.

»Was ist dann passiert?«, hakt der eine ungeduldig nach.

»Sie sind also heimgegangen. Allein?«

Sie nickt wortlos, den Blick gesenkt. Sie versucht, die Bilder jenes Abends zurückzuholen, und die Erinnerung an das Schreckliche.

»Ja, ich bin heim. Zu Fuß. Ich fürcht mich nicht im Dunkeln, wissen S'. Ich war also praktisch schon zu Haus', da hab ich gemerkt, dass ich meine Strickjacke vergessen hatte. Da war der Schlüssel für meinen Spind bei der Post drin. Also blieb mir nix anderes übrig, ich musste noch mal zurückgehen. Inzwischen hatte es aber richtig angefangen zu schütten. Also bin ich doch schnell rein ins Haus. Hab mir meinen Regenmantel übergezogen und mich wieder auf den Weg gemacht. Wie ich dann auf dem Schotterweg war, der zum Wirtshaus führt, seh ich plötzlich zwei Gestalten im Dunkeln, die was über den Weg schleifen. Erst dacht ich, es wäre ein Teppich oder so. Dann hab ich mich in die Büsche gedrückt und das Ganze von dort aus beobachtet. Da hab ich gesehen, dass es kein Teppich war. Es war ein menschlicher Körper. Ich hab eine Mordsangst bekommen. Hab mich mucksmäuschenstill im Gebüsch gehalten. Die haben dann den reglosen Körper weiter nach hinten ins Gebüsch gezerrt. Hab nicht sehen können, wer die beiden waren. Die Sicht war zu schlecht durch den Regen und den Nebel, der aufgekommen war. Meine Hose war bis zu den Knien durchnässt. Mir war furchtbar kalt. Ich hab in meinem Versteck gewartet, bis die Kerle weg waren. Die sind dann auch ganz schnell davon. Etwas später hab ich mich vorsichtig dorthin geschlichen, weil ich halt doch neugierig war. Wie ich den dann gefunden hab, ist mir fast das Herz stehen geblieben: Es war der Martin! *Mein* Martin! Der lag da wie tot. Überall Blut am Kopf, das ihm übers Gesicht gelaufen ist. Er hat sich nicht mehr gerührt. Ich hab ihn gerüttelt, hab ihn angeschrien. Er hat nicht reagiert. Da hab ich geglaubt, er wär tot. Glauben S' mir, Herr Kommissar. Ich wollt dem doch nix. Ehrlich. Aber ich hab halt gedacht, wenn der schon tot ist, kann ich ja wenigstens mal schauen, ob er ein bisserl was Bares bei sich hat. Hab mir ja oft genug das Maul ans Tischeck hauen müssen. Versteh'n Sie, ich hab zum Leben zu wenig, zum Sterben zu viel. Das war damals schon nicht viel anders …«

Bittere Enttäuschung und Anklage an das Leben stehen ihr ins Gesicht geschrieben.

»Ich hab mich dann vorsichtig über ihn gebeugt und nach seiner Brieftasche getastet. Seine Jacke war halb offen. Auch sein Hemd. Bei dieser Jahreszeit hat mich das schon etwas gewundert. Aber ich hab ja nicht gewusst, was vorher passiert war. Verstehen S', Herr Kommissar?«

Der Beamte nickt bedächtig.

Sie wendet ihren Kopf dem anderen zu.

»Aber wie ich seine Brieftasche in der Jacke gefunden hab und sie gerade herausziehen will, da … da macht der plötzlich die Augen wieder auf! Er war nicht tot! Neeein. Nein, der war nicht tot, Herr Kommissar.« Sie wird jetzt von einem heftigen Weinkrampf geschüttelt und vergräbt ihr Gesicht wieder in den Händen.

Der Toni reicht der Mama ergriffen ein Tempo.

»Danke, Toni.« Sie sieht ihren Sohn mit versteinerter Miene an.

»Da hab ich auf einmal richtig Panik bekommen. Der Martin hat mich angesehen. Wie aus toten Augen hat er mich angesehen. Das können Sie sich gar nicht vorstellen, Herr Kommissar. Ich hab eine solche Angst gehabt. Ich hab nur noch geschrien und … und dann waren da plötzlich diese Stimmen, ich weiß nicht, woher. Ich hab auf einmal die Stimme meiner Mutter herausgehört. Sie war mit einem Mal in mir, über mir, überall … Da hab ich nur noch geschrien: Mutter, ich tu es. Ja, ich tu es für dich. Allmächtiger, nein! Ich kann nicht, ich liebe ihn doch, ich kann es nicht tun! Es war einfach schrecklich. Und der Martin hat nur gestöhnt: ›Kathi, um Gottes willen.‹ Er hat sich noch einmal aufgebäumt. Dann ist er zusammengesunken und hat nur noch geröchelt. Aber plötzlich war wieder eine Stimme da. Es war der Teufel, Herr Kommissar. So wahr ich hier sitze. Erlöse ihn, hat er mir befohlen. Da … da habe ich … zugehauen …«

Kathi Winkler fängt plötzlich an zu lachen. Doch es ist das Lachen einer Verrückten. Das Lachen einer Frau, die mit der Zeit wahnsinnig geworden ist. Einer Frau, für die alles zu spät ist. Die weiß, dass sie alles verloren hat. Doch heute hat sie die Wahrheit wiedergefunden. Ihre Wahrheit. Die jetzt die Wahrheit von drei weiteren Personen ist. Sie alle sind Ohrenzeugen eines Mordes, den sie nun gesteht.

»Da lag dieser Stein. Neben meinem rechten Fuß. Ein Granitstein. Mit spitzen Kanten. Auf einmal hatte ich den in der Hand. Ich konnt nicht mehr denken, wirklich. Hab nur noch auf ihn eingeschlagen. Auf seinen Kopf. Auf sein Gesicht. Fünfmal, achtmal, zehnmal? Ich weiß es nicht. Ich weiß es nicht. Er hat die Augen nicht mehr aufgemacht. Seine Brieftasche hab ich noch eingesteckt.«

Kathi Winkler erhebt sich jetzt und geht zu ihrem Bett. Sie bückt sich zum Nachtkästchen hinunter und holt aus der untersten Schublade ein abgegriffenes schwarzes Portemonnaie heraus. Das schleudert sie den Beamten vor die Füße.

»Da.«

Einer der Beamten stürzt sich gleich wie eine Hyäne darauf und sichert es in einem Plastikbeutel.

Dann erzählt sie, auf dem Bett sitzend, weiter: »Anschließend bin ich zum Wirtshaus rübergeschlichen. Da hat kein Licht mehr gebrannt. Ich kenn mich da aber aus. Hab dort mal als Putze gearbeitet, verstehen Sie? Ich wusst, wo alles seinen Platz hat. Hinterm Haus war ein Schuppen. Aber den gibt's jetzt nicht mehr. Den haben sie irgendwann abgerissen. Aber damals stand er noch. Und ich hab gewusst, was da drin ist. Ich bin also zum Schuppen. Dass der fast nie abgesperrt war, hab ich auch gewusst. Dann bin ich vorsichtig rein. Hinter der Tür stand ein Spaten. Den hab ich genommen. Der stand da noch vom Winter. Hab den ein paar Monate zuvor ja noch als Eispickel benutzt. Ich hab den Spaten untern Arm geklemmt. Dann bin ich wieder raus. Über den Hof. Der Regen hatte jetzt etwas nachgelassen. Aber es war ziemlich kalt. Man konnte den Atem vor Augen sehen. Ich bin also wieder zu der Stelle zurück, wo der Martin lag. Der Boden war nicht mehr gefroren. Ich hab den Spaten etwas weiter drinnen im Gebüsch in die Erde gerammt. Immer wieder. Wie eine Verrückte. Ich war nicht mehr ich selbst. Hab gegraben und gegraben. Mit Spaten und Händen. Bis das Grab fertig war. Dann hab ich plötzlich den Ring an seinem Finger gesehen. Ich wollt ihn abstreifen. Aber es ging nicht. Da hab ich einfach mit der Kante vom Spaten draufgeschlagen. Auf den Finger. Bis der Finger ab war. Ich hab ihn dann in ein Taschentuch gewickelt und mit nach Hause genommen.« Sie schluchzt, ihre Lippen zittern.

»Warum haben Sie das gemacht?«, hakt einer der Beamten fassungslos nach. »Und vor allem, warum haben Sie den Finger eigentlich nicht entsorgt? Ihn im Gefrierfach all die Jahre aufzubewahren, das grenzt meines Erachtens schon an Perversität!«

»Ja wissen S', weil eben auf der Innenseite von dem Ring mein Name stand. Ich wollt doch nicht, dass alles aufkommt. Ich mein, falls man den Martin finden würde. Ich war ja völlig außer mir vor Angst und Panik. Außerdem war der Finger für mich wie ein … ein Erinnerungsstück. Ich konnt ihn bis heute nicht wegwerfen.«

Der Beamte runzelt die Stirn, sieht auf den Boden. So was kann er beim besten Willen nicht nachvollziehen. Für ihn ist die Frau offensichtlich nicht mehr ganz zurechnungsfähig. Dieser Umstand wird sich mit Sicherheit auf das Strafmaß auswirken, überlegt er.

»Aber dass er ein Bild von Ihnen in seinem Medaillon

gehabt hat, das er um den Hals trug, daran haben Sie nicht gedacht, wie?« Der Beamte spricht mit siegessicherer Arroganz in der Stimme.

Sie starrt ihn mit glasigen Augen verwundert an.

»Nein. Nein, das habe ich nicht gewusst ...« Stockend erzählt sie weiter. »Ich hab ihn dann in diese Grube, dieses Loch gezerrt und zugeschaufelt mit allem, was ich gefunden habe.« Sie schweigt. Jetzt ist sie fertig.

Alle schauen betreten auf Kathi Winkler. Sie hebt den Kopf. Sieht dem Toni enttäuscht in die Augen.

»Und du hast mich verraten. Mein eigener Sohn hat mich verraten. Ist das der Dank für all das, was ich für dich getan habe?« Sie wendet den Blick von ihm und schüttelt den Kopf.

Der Toni ist jetzt ganz grau im Gesicht. Wie eine Wachsfigur steht er in dem dunklen Flur. Keiner Bewegung fähig. Nur als ihm der Schlüsselbund aus der Hand fällt, zuckt er zusammen. Aber der schmuddelige Teppich dämpft das Geräusch. Dann bricht es aus ihm heraus: »Mama, jetzt ist es genug! Endgültig! Das ist doch Wahnsinn. Du hast jemanden umgebracht, und ich soll dich noch schützen? Das ist zu viel. Das kannst du nicht von mir verlangen, Mama. Du bist verrückt. Ja, das bist du. Verrückt. Verrückt«, plärrt er. Sein Gesichtsausdruck ist fratzenhaft. Heiße Tränen laufen ihm über die Wangen, während er alles aus sich herausschreit. Tränen der Verzweiflung und Tränen der Erlösung.

Frau Winkler aber wirkt apathisch. Widerstandslos lässt sie sich von den Beamten abführen. Sie dreht sich noch einmal in der Tür um, und zum Toni gewandt flüstert sie: »Nun hast du uns beide verloren. Mich ... und den Martin.«

Der Toni schaut sie fragend an. »Wieso hab *ich* den Martin verloren?«

Kathi Winkler ist kreidebleich im Gesicht. Sie hält sich zitternd ihre Hand vor den Mund und flüstert mit tränenerstickter Stimme: »Der Martin war dein ... dein Vater.«

»Neeein!«, brüllt der Toni nun, und seine ganze Verzweiflung drückt sich aus in diesem einen Wort. Er ballt die Fäuste, krümmt sich. Dann bricht er zusammen.

Die Wahrheit wird
euch frei machen!
Johannes 8,32

29

Am Prangertag, nachmittags um halb drei

Es ist eine tropische Hitze heute. Die Luft steht. Seit ein paar Tagen wohne ich nun bei der Maria im neuen Häusel. Hab aus meiner Pension ausziehen müssen, weil sie das gesamte Haus renovieren wollen. Eigenartig, mitten im Sommer, wo doch bald die Urlaubszeit beginnt. Aber mir soll's recht sein. Ich werd schon wieder eine neue Bleibe finden.

Wir sitzen auf der Terrasse und trinken Capuccino. Da klingelt das Telefon im Haus. Die Maria steht auf und geht hinein.

Eine Frau ist am Apparat. Mit brüchiger Stimme und in oberösterreichischem Dialekt sagt sie: »Entschuldigen Sie die Störung. Ich bin die Mutter vom Martin. Vom Martin Paulus … Wissen Sie, all die Jahre, da wollte ich nur eines: wissen, wo er ist. Ich dachte, mein Mann und ich, wir würden dann zur Ruhe kommen. Doch wie soll das gehen? Aber jetzt, jetzt können wir ihn wenigstens beerdigen, unseren Sohn. Ich danke Ihnen.« Dann legt sie auf.

Nach fünf Minuten kommt die Maria wieder auf die Terrasse. Sie schwankt. Ergriffen und stockend erzählt sie mir, mit wem sie gerade gesprochen hat. Verstohlen wischt sie sich eine Träne aus dem Augenwinkel.

Wortlos halte ich ihr anschließend den Zeitungsartikel hin. Die Zeitung hab ich vorhin an der Tankstelle gekauft, weil die Geschäfte geschlossen sind. Heute ist ja Feiertag. Jedenfalls hier in Bayern.

Sie liest. Dann legt sie den Artikel beiseite. Wir schauen uns wortlos an. Es bedarf auch keiner Worte in diesem Moment.

»Jetzt ist alles klar. *Sie* war es. Der Fall ist gelöst«, meint die Maria aufatmend nach Minuten des Schweigens.

Wir sitzen noch eine Weile betroffen nebeneinander, und ich löffle meinen Cappuccino. Eine Biene surrt von hinten heran und lässt sich auf dem Rand meiner Tasse nieder. Ich mach gar nix. Schau ihr nur zu. Genau wie damals. Wie an jenem Sonntag, an dem ich bei der Maria und dem Georg angekommen bin. An diesem vierundzwanzigsten April …

»Kennst du diese Kathi Winkler?«, frag ich die Maria nach einer Weile. Doch bevor ich eine Antwort bekomme, wird mir mit einem Mal ziemlich übel.

Ich lauf schnell hinauf ins Bad, muss mich übergeben. Dann mach ich den Test. Also doch! Ich hab's ja geahnt. Hab meine »Zeit« ja schon über einen Monat nicht gehabt. Scheiße, Scheiße und noch mal Scheiße. Ich will das Balg nicht. Ich weiß noch nicht, was ich jetzt mache. Aber ich weiß zumindest, dass dies mein letzter Tag hier sein wird.

Leichenblass komm ich aus dem Bad und geh schwankend hinüber in mein Zimmer. Die Sache mit dem Georg und mir hab ich der Maria immer noch nicht erzählt. Dass wir es getrieben haben, behalte ich lieber für mich. Auch wenn es nur ein One-Night-Stand war.

Es zu wissen täte ihre Situation ja in keinster Weise verbessern, und zu wissen, dass ich jetzt wahrscheinlich auch noch von ihm schwanger bin, erst recht nicht. Im Gegenteil. Sie macht sich ja gerade große Sorgen um ihn, nachdem er vor drei Tagen einen Schlaganfall gehabt hat. Er liegt zwar momentan im Krankenhaus, aber sie hat gemeint, dass sie sich danach wohl wieder um ihn kümmern wird. Sie kann ihn doch jetzt nicht völlig allein lassen, sagt sie. Sie könnt sich unter Umständen sogar vorstellen, ihn nach seiner Reha in ihrem Häusel eine Zeit lang aufzunehmen. Er hat ja auch ernsthafte Besserung gelobt. Was mit dem Wirtshaus passiert, steht noch in den Sternen …

Ich werfe noch einmal einen Blick aus dem Fenster und schau ein letztes Mal hinüber zu dem alten Brunnen mit der Pumpe. Dann pack ich nachdenklich meine Siebensachen in den Koffer und setz ich mich drauf – damit er besser zugeht.

MEA CULPA!

Epilog

Knapp ein Jahr ist vergangen nach dieser verhängnisvollen Geschichte, und allmählich wächst Gras darüber. Im Ort ist wieder Ruhe eingekehrt. Das Baby hab ich inzwischen. Ein Bub. Er ist dem Georg wie aus dem Gesicht geschnitten. Momentan wohn ich mit dem Kind in der Nähe von Deggendorf, aber ich weiß nicht, wo's mich noch hin verschlagen wird. Die Maria hat mir geschrieben, dass sich ihre Freundin, die Martha, vom Franz getrennt hat. Das Haus haben sie an eine Familie mit drei Kindern verkauft. Kathi Winkler hat man in eine forensisch-psychiatrische Klinik in Regensburg eingewiesen. Wo der Pfarrer hingezogen ist und was der so treibt, weiß hier keiner. Es heißt aber, er soll nach Oberbayern gegangen sein. In eine kleine Pfarrei. Einen neuen Bürgermeister habens' auch inzwischen. Ein junger Mann mit großen Zielen soll es sein. Der »Donauwirt« hat jetzt ganz geschlossen. Und niemand geht in diesen Tagen gern in das Gebiet, wo wir im letzten Frühjahr »unser« Skelett gefunden haben …

Und wenn ihr stehet und betet,
so vergebet, wenn ihr etwas wider jemand habt,
auf dass auch euer Vater im Himmel
euch vergebe eure Übertretungen.
Markus 11,25

Pater noster, qui es in caelis,
sanctificetur nomen tuum.
Adveniat regnum tuum.
Fiat voluntas tua,
sicut in caelo, et in terra.
Panem nostrum cotidianum da nobis hodie.
Et dimitte nobis debita nostra,
sicut et nos dimittimus debitoribus nostris.
Et ne nos inducas in tentationem,
sed libera nos a malo.
Quia tuum est regnum et potestas
et gloria in saecula.
Amen.

Danksagung

Mein besonderer Dank geht an meine Freundin Anna,
ohne die dieses Buch nicht entstanden wäre,
sowie an Karl-Heinz für seine tatkräftige Unterstützung.